LE PRIX
DE NOS MENSONGES

DU MÊME AUTEUR :

Des hommes qui lisent, JC Lattès, 2017.
Des lieux qui disent, JC Lattès, 2023.

Avec Gilles Boyer :
L'heure de vérité, Flammarion, 2007.
Dans l'ombre, JC Lattès, 2011.
Impressions et lignes claires, JC Lattès, 2022.

www.editions-jclattes.fr

Édouard Philippe

LE PRIX DE NOS MENSONGES

JC Lattès

Maquette de couverture : Le Petit Atelier.

ISBN : 978-2-7096-7577-2

Première édition mai 2025.

« Se mentir à soi-même est plus profondément enraciné que mentir aux autres. »

« Surtout ne vous mentez pas à vous-même. Celui qui se ment à soi-même et écoute son propre mensonge va jusqu'à ne plus distinguer la vérité ni en soi ni autour de soi ; il perd donc le respect de soi et des autres. »

Dostoïevski

Je suis en colère.

Je ne m'énerve pas, mais je suis en colère.

Quand je suis devenu maire en 2010, et plus encore quand je suis entré à Matignon, en mai 2017, je me suis juré que je ne m'énerverais pas. J'ai toujours détesté les patrons qui dirigent en faisant régner la terreur, ceux qui passent leurs nerfs sur leurs collaborateurs, qui montent dans les tours dès que les choses ne se passent pas comme ils veulent. Quelques-uns de mes amis ont eu à subir ce genre de caractère et l'une de mes fiertés est d'avoir toujours réussi à éviter de me placer sous l'autorité d'un irascible, d'un colérique ou d'un énervé.

Les responsabilités s'exercent dans le calme. Dans la maîtrise de soi. En ne laissant ni la pression, ni l'agacement, ni la colère, ni le dépit, ni aucun autre sentiment l'emporter. Rien de pire que perdre ses facultés de jugement. La sérénité est un attribut de la puissance.

Je me suis donc juré de ne jamais m'énerver au moment où je passais sous le portail de l'hôtel de Matignon. Je ne faisais pas le malin ce jour-là, je savais que ce qui m'attendait à ce poste n'avait rien de simple ni de tranquille. De l'autre côté de la cour, devant les marches, Bernard Cazeneuve se tenait, immobile. Je vois encore son sourire sérieux, mélange de soulagement pour lui et de bienveillance pour moi. Je l'aime bien, Bernard Cazeneuve. En voilà un autre qui ne s'énerve pas. Quand il était ministre de l'Intérieur et qu'il a dû gérer les attentats terribles qui frappaient la France, il a fait face, calme et déterminé. C'est peut-être pour ça que je me suis dit, à ce moment-là, qu'aussi longtemps que je serais Premier ministre, je resterais calme. Et aussi vrai que les grandes douleurs, si elles devaient arriver, resteraient muettes, les colères, elles, seraient froides.

C'est peut-être aussi parce que j'avais l'impression de revivre la situation du sous-lieutenant qui s'apprête à prendre le commandement de sa section et qui se dit que son autorité sera scrutée par ceux qui seront désormais sous ses ordres. Au service militaire, à Draguignan puis sur le plateau de Canjuers, lorsque j'apprenais à tirer au canon, à comprendre une manœuvre, à durer sur le terrain et à commander des hommes, l'adjudant qui nous transmettait tout ce qui ne s'apprend pas dans les livres nous répétait, comme un centurion romain, qu'en dépit de notre inexpérience, nous devions toujours nous astreindre au « calme des vieilles troupes ». L'expression m'avait marqué.

Je ne m'énerve pas, ou très rarement. Mais je suis un faux calme. Enfant, je ne tenais pas en place. Je bougeais en permanence. J'épuisais mes parents et leurs amis. Sauf lorsque je lisais (et encore en musique et parfois en marchant), je faisais du sport dès que possible, je parlais tout le temps, je pratiquais la batterie, ce qui me conduisait (et me conduit encore) à marquer le rythme ou à improviser en tapant sur n'importe quel support propice à la composition nerveuse. Le calme a été une conquête de l'âge adulte. Et encore. Plutôt sur le tard. Sous l'apparente nonchalance et la décontraction, les agacements, les impatiences, les consternations et les colères ne sont jamais loin. Tenus à l'écart, mais présents. Dominés le plus souvent mais jamais endormis.

Mais comment rester calme en ce moment ?

Comment ne pas s'emporter face à l'indigence de l'époque ?

Comment ne pas voir que notre pays recule, qu'il est bousculé, contesté et même parfois humilié ?

Comment ne pas avoir envie de trancher brutalement les nœuds gordiens qui se sont installés un peu partout dans notre pays, au point de nous contraindre à vivre dans une société bloquée, sédimentée et racornie ?

Comment ne pas se révolter face à l'absence totale de lucidité dont nous, les Français, faisons trop souvent preuve ?

Je suis en colère parce que nous nous mentons à nous-mêmes.

Nous nous racontons des histoires, des histoires jolies, des histoires rassurantes, des histoires glorieuses parfois, de celles qui aident à s'endormir et qui nous empêchent de proposer au pays des solutions utiles. Nous passons notre temps à essayer de déformer les faits pour qu'ils entrent dans les histoires que nous nous racontons, comme si cela les rendait plus crédibles, comme si cela leur permettait de devenir des vérités. Notre débat public est consternant de médiocrité. Les réseaux sociaux charrient des torrents d'insultes, de détestation revendiquée, de méchanceté gratuite mais qui se paye cher. Les chaînes d'info en continu mettent en scène un spectacle bien plus qu'elles ne cherchent à informer : elles valorisent les angles les plus clivants, les intervenants les plus marqués, les images les plus crues. Le rapport à la vérité, ou plutôt aux faits, compte moins que la posture et la formule. Le vice de l'éditorialisation a pris le pas sur le culte des faits. L'urgence à commenter et à réagir a supplanté les sujets de fond et les considérations de long terme.

Mais ces mensonges ne sont pas seulement le produit de la déchéance triste de notre débat public. Ils sont parfois sincèrement colportés, ils sont souvent instrumentalisés, ils tiennent en général lieu de constat partagé. Ils sont plantés dans nos consciences et dans nos débats comme des totems.

Nous défendons ainsi un modèle social qui a inversé la solidarité entre les générations et fait désormais peser sur les plus jeunes et les plus modestes le poids des générations plus riches.

Nous nous gargarisons d'une « école de la République » qui est, de tous les pays de l'OCDE, celle qui reproduit le plus les inégalités sociales.

Nous nous rêvons puissance mondiale en énumérant sur un ton définitif les attributs incontestables de ce rang sans voir que notre influence et notre capacité à défendre nos intérêts s'étiolent à grande vitesse. Nous vivons dans le souvenir d'une gloire passée, en bénéficiant sans l'admettre des dividendes devenus obsolètes d'un ordre mondial octogénaire et chancelant. Nous pensons que nous pouvons rester statiques dans un monde en révolution et nous faisons mine de ne pas comprendre pourquoi les autres ne font pas comme nous.

Nous méprisons la démographie et valorisons le confort relatif du présent au détriment de l'effort utile pour le futur.

Nous perpétuons des organisations qui ont démontré combien elles ne fonctionnaient plus, des systèmes inefficaces et coûteux, des rentes de situation, tous ces boulets aux pieds avec lesquels nous prétendons courir le marathon.

Nous déplorons l'attrition des services publics dont nous rendons responsables les politiques de rigueur néo ou ultra-libérales (c'est selon) qui corrodent notre modèle social alors que nous explosons les records de dette, que nous sommes le pays d'Europe le moins capable de tenir son budget et celui qui affiche le taux de prélèvements obligatoires le plus important.

Nous nous inquiétons de la baisse du pouvoir d'achat mais sommes fièrement attachés à notre semaine de 35 heures, à nos jours fériés et au rêve d'une retraite pas trop tardive.

Nous nous mentons tellement à nous-mêmes.

À court terme, se mentir à soi-même est souvent un soulagement. Nos vies personnelles en témoignent : refuser de voir nos enfants grandir, nos aînés dépérir, notre corps se flétrir, nos amitiés s'étioler, nos amours s'affadir ; se mentir sur ses addictions, sur ses limites, sur ses regrets… Qui ne s'est jamais menti ? Cela m'est arrivé. Pas souvent je crois. Mais cela m'est arrivé. Et c'est justement parce que cela m'est arrivé que je sais que la réalité finit toujours par nous rattraper.

Ce qui est vrai individuellement l'est tout autant collectivement. Et la réalité de la vie internationale, de la compétition économique, des transformations sociales, environnementales, technologiques, est rugueuse. Elle est un mur d'airain que les mensonges que nous nous répétons ne feront pas tomber.

Car pendant que nous nous mentons, les autres avancent. Ils transforment, ils adaptent, ils innovent, ils voient le monde tel qu'il est et essaient de s'adapter à ce qu'il sera. Et nous, nous glosons. Pire, nous critiquons nos voisins qui ont le mauvais goût de ne pas partager les histoires que nous aimons nous raconter : toute l'Europe fait le choix de travailler plus longtemps pour financer les retraites, mais non, nous, Français, armés de cette admirable fierté parfois teintée d'arrogance, nous prenons l'autoroute en contresens, en klaxonnant qui plus est, et en maudissant nos voisins qui ne comprennent pas qu'ils se sont trompés de voie.

Les deux péchés capitaux, pour un homme politique, sont la désinvolture et le découragement.

La désinvolture qui laisse à penser que rien n'est grave et qu'on verra plus tard. Le découragement qui laisse à penser que c'est trop grave et qu'il aurait fallu s'y prendre plus tôt. Lorsque ces deux travers se conjuguent pour caractériser une époque, pour marquer de leur empreinte aussi douce que fétide le débat public, tout est à craindre. La fin de la démocratie et le péril national. L'affaissement puis l'effondrement.

Nous y sommes.

Et j'en suis malade.

Malade de colère.

Une colère le plus souvent silencieuse. Je ne me vois pas aller éructer sur les plateaux de télé. Mais colère tout de même, face à ce déni de réalité qui nous ronge, face à ces mots vides de sens que nous aimons nous répéter, face à ces poncifs pathétiques qui font office de pensée. Colère qui est un moteur à explosion, qui fait avancer pour autant qu'on sache s'en servir et s'en nourrir.

Dans deux ans, nous choisirons le nouveau chef de l'État. Nous entendrons, comme à toutes les élections, qu'il s'agira de l'élection la plus importante depuis Mathusalem. Beaucoup diront, comme lors des élections précédentes, que cette élection est celle de la dernière chance, et de fait, lorsqu'on dévale une pente glissante, chaque occasion de reprendre prise est importante. Aucune élection n'est anodine. Et l'élection présidentielle est la plus importante.

J'ai indiqué il y a plusieurs mois que je serai candidat à cette élection.

Cette décision, je ne l'ai pas prise à la légère. Je n'ai pas été élevé en pensant à cette élection. Je n'ai pas poursuivi mes études en pensant à cette élection. Je n'ai pas choisi d'être juge puis avocat en pensant à cette élection. Je n'ai pas commencé ma vie politique au Havre il y a 25 ans en pensant à cette élection. Je n'ai pas exercé mes mandats de maire, de député puis ma fonction de Premier ministre en pensant à cette élection.

Mais depuis 2021, depuis que j'ai pris la décision de me préparer à cette élection, il ne s'est pas passé un jour sans que je songe à ce qu'il me fallait observer, apprendre, comprendre, mûrir afin de proposer aux Français, le moment venu, le projet susceptible de redonner à la France la puissance et la sérénité qu'elle mérite.

Être candidat ne crée aucun droit, mais implique des obligations.

D'abord celle de se préparer. C'est long, exigeant, parfois ingrat, le plus souvent passionnant. Parcourir le pays pour le saisir au plus juste, réfléchir à ce qu'est le pouvoir et à la façon dont on veut l'exercer, se préparer physiquement au rythme intense que la fonction impose, constituer les équipes qui seront indispensables à la conquête et à l'exercice de ce pouvoir, mûrir un programme : tout cela prend du temps, et comme La Fontaine nous l'a appris, « il faut partir à point ».

L'obligation de choisir ensuite. Choisir entre les priorités, choisir ses combats, choisir l'essentiel plutôt que multiplier les mesures catégorielles pour avoir réponse à tout, ou plus exactement réponse à tous. Le Président doit définir la direction sur les sujets essentiels. Faire une campagne de Premier ministre en traitant de tous les sujets, en répondant à toutes les demandes, en distribuant à tous les publics les promesses les plus floues ou les plus précises peut être grisant et électoralement utile. Mais lorsqu'un programme indique qu'il y a plus de cinq priorités, c'est qu'il n'y en a aucune.

L'obligation d'être lucide enfin. Lucide sur soi, sur ses forces et sur ses limites bien sûr. Mais lucide surtout sur le pays. « *Il faut toujours dire ce que l'on voit. Surtout il faut toujours, ce qui est plus difficile, voir ce que l'on voit* », disait Péguy, et il avait raison.

Ce livre est un appel à la lucidité, une invitation pressante à rompre avec les facilités et les postures. Une invitation à ne s'interdire aucune question, aucune remise en question, à dire ce qui est pour pouvoir, ensuite, faire ce qu'il faut.

Une invitation à voir ce que l'on voit.

La France est merveilleuse.

On ne vantera jamais assez la beauté et la variété de ses paysages et de son patrimoine. Les Français en sont fiers, et ils ont bien raison. Je n'ai pas encore trouvé le département moche. Partout, je suis époustouflé par l'élégance de vieilles églises ou de solides châteaux ayant traversé les siècles, par la beauté simple ou spectaculaire de la géographie naturelle, par l'incroyable diversité qui, au sein même d'une région voire d'un département, saisit l'œil curieux du visiteur.

Depuis 2017, je parcours la France.

D'abord en tant que Premier ministre, c'est-à-dire en voyageant accompagné : les déplacements officiels permettent de voir n'importe qui n'importe où. On décide d'aller à un endroit et le char de l'État vous y amène, avec beaucoup de monde, beaucoup de caméras et une capacité à l'improvisation quasi nulle. Ce ne sont pas toujours des visites Potemkine, et il arrive qu'on y soit en prise directe avec la réalité la plus crue ou la plus brutale, mais enfin beaucoup de gens consacrent beaucoup d'énergie à ce que tout se passe bien, quitte à lisser les éléments les plus rugueux de ce que vous pourriez voir. Si vous le savez, ça va. Si vous ne le savez pas, et que vous vous laissez prendre au piège, ça va aussi, mais c'est moins utile.

Ensuite en tant que président de mon parti politique, Horizons, c'est-à-dire en voyageant léger. En train ou en voiture, sans presse et avec une équipe se réduisant à trois personnes, on peut, en dépit d'horaires contraints, rencontrer qui on veut, s'arrêter dans tel village, dormir dans des endroits isolés, prendre le temps d'un café et d'un échange qui dure au troquet du coin.

Dans mon bureau à la mairie du Havre, j'ai installé une grande carte de France sur laquelle des épingles de couleurs différentes viennent dessiner ce parcours. Réflexe d'artilleur qui a besoin d'une carte pour comprendre le terrain. 101 épingles rouges en tant que Premier ministre, 231 épingles bleues et blanches depuis. Au total 88 départements métropolitains et 7 territoires ultra-marins visités. Visités, pas traversés. Dans la durée. En profondeur. Loin des effets de manche médiatiques qui, souvent, dénaturent les échanges.

Parcourir la France pour se préparer à une élection présidentielle n'a rien d'original. Mais c'est essentiel, car de la même façon que chaque maire de chaque commune de France peut dire le lien intime qui le relie à la ville ou au village dont il a la charge, un candidat à l'élection présidentielle doit connaître, intimement, son pays. Il ne peut jamais prétendre en avoir fait le tour. Il ne peut pas rencontrer tout le monde, ni tout savoir de chaque recoin du pays. Mais il doit se forger, au fil du temps et des déplacements, une connaissance précise de ce qu'est la France.

François Mitterrand pouvait, dit-on, entretenir une correspondance avec une personne dans chaque canton de chaque département. Il connaissait la géographie physique et le patrimoine d'un très grand nombre de régions et demeurait fasciné par les permanences que l'histoire et la géographie nous lèguent sans que nous en soyons toujours conscients.

Jacques Chirac, de son côté, avait arpenté le pays dans tous les sens, serré des mains sur tous les marchés, visité plusieurs fois et en sens inverse les coins les plus reculés du pays. Lorsque l'engagement politique durait une vie et qu'il fallait l'avoir vécu pour espérer gagner une présidentielle, la connaissance intime du pays s'imposait presque comme une évidence.

Au Havre, je sais que chaque quartier a son identité, ses lieux symboliques, ses personnalités et imaginer qu'ils seraient tous identiques, alors même qu'ils sont tous havrais, serait méconnaître la diversité d'ici. Dans chacun de ces quartiers j'ai des souvenirs, des contacts, des projets. Les confondre ou ne pas saisir leurs différences reviendrait à commettre d'énormes contresens. Je peux témoigner que des solutions qui fonctionnent bien au Mont Gaillard, quartier du nord-ouest du Havre, n'ont jamais pu être mises en œuvre efficacement aux Champs Barets, quartier du sud-est. La sociologie est un peu différente, mais pas tant que ça, et pourtant…

La diversité française est à l'image de cette diversité-là. Encore plus foisonnante. Encore plus riche. Et indispensable à saisir si on veut comprendre le pays. Et lui parler le moment venu.

À chacune de mes étapes en France, des sentiments mêlés : l'émerveillement devant la beauté du pays, l'admiration devant l'engagement des maires, des patrons, des responsables d'association, des Françaises et des Français qui se battent pour quelque chose, la chaleur de l'accueil que vous réservent ceux qui comprennent que vous venez pour apprendre et pour réfléchir ; l'inquiétude aussi, devant la frustration souvent apparente, devant l'angoisse du déclassement national et individuel qui affleure lorsqu'elle n'explose pas, devant les désillusions et le sentiment d'abandon, devant cette sensation du caractère inéluctable du déclin, devant l'incapacité à régler des problèmes, devant la colère qui prend des formes parfois surprenantes : désinvolte quand l'humour la contrôle encore, explosive quand le désespoir prend le dessus.

À chacune de mes étapes, je retrouve ce mélange entre une fierté réelle, fondée sur l'intime conviction de vivre dans un pays privilégié, et un agacement permanent teinté d'un pessimisme lancinant. Avec, en filigrane, le sentiment de subir l'impuissance de l'État et de ceux qui le dirigent. Partout est dressé le constat d'un État qui ne cesse de grandir, ou plutôt de grossir, de s'engraisser sans se muscler, plus lourd, mais moins agile, envahissant lorsqu'il devrait nous laisser tranquilles et évanescent lorsqu'il devrait nous sécuriser. Les Français que je rencontre ne détestent pas l'État. Ils n'aiment pas qu'il soit trop tatillon envers eux mais attendent qu'il soit efficace. Ils ne le rejettent pas, ils désespèrent de lui.

On peut gloser à l'infini sur ce que doit être le rôle de l'État dans la vie économique et sociale d'un pays comme la France. Notre Histoire devrait nous inciter à être attentifs à son fonctionnement. Notre Nation s'est constituée autour d'un pouvoir central construisant progressivement un État. Cela fait une partie de notre force et une partie de notre faiblesse et je souhaite bon courage à ceux qui pensent qu'on peut faire sans l'État en France. Personne n'a jamais voulu faire sans, mais les Français aimeraient pouvoir faire avec, et là, ils ont du mal. Ils ont choisi, il y a longtemps maintenant, un « modèle » d'État-Providence dans lequel les impôts sont élevés, la redistribution généreuse, les services publics solides et où l'État est réputé trouver des solutions aux problèmes économiques et sociaux. Intellectuellement, ça se défend.

Mais cela n'est viable que lorsque le corps social a le sentiment qu'il en a pour son argent, que l'État remplit son rôle, que le système est juste. Et ce n'est plus le cas !

Lorsque, au fil du temps, s'installe le sentiment lancinant que les impôts sont de plus en plus élevés et que l'État, dans bien des domaines, ne joue plus son rôle, que le choix de ceux qui représentent ou qui dirigent n'a plus d'utilité, lorsque s'ancre l'idée que rien ne changera, sinon en pire, lorsque s'impose la tentation du recours illusoire à « ce qu'on n'a jamais essayé », le sentiment d'impuissance publique, lorsque croissent le sentiment de déclassement, le sentiment que la vie sera plus difficile pour nos enfants que pour nous, c'est tout l'édifice institutionnel, tout l'édifice de cohésion sociale qui est en jeu. Et cette spirale dangereuse est visible partout. Elle est décrite sur tous les tons, partout dans le pays.

Partout, les Français disent que tout cela ne fonctionne pas comme ça devrait, et que la situation se dégrade.

Ils ont raison.

Et ce qui me frappe, ce n'est pas seulement qu'ils ont raison, c'est que notre pays entretient un discours qui n'a plus rien à voir avec la réalité. Notre débat public répète des formules qui ne correspondent plus à rien : parfois ce sont les responsables politiques qui sont à côté de la plaque, parfois ce sont les commentateurs, parfois ce sont les Français qui ne veulent pas regarder la réalité en face, mais ce qui est sûr, c'est que notre pays se ment.

Nous nous gargarisons d'une « école de la République » avec des trémolos dans la voix, mais notre école est, de tous les pays de l'OCDE, celle qui reproduit le plus les inégalités sociales. Notre « école républicaine », qui laisse chaque année sur le carreau des dizaines de milliers de jeunes sans formation, de plus en plus délaissée par les parents, y compris de milieux modestes, qui préfèrent inscrire leurs enfants dans des écoles privées considérées comme mieux à même de garantir la réussite scolaire ! Notre fameuse école de la République dont l'organisation paraît souvent avoir été adaptée aux contraintes des professeurs et aux exigences des parents plus qu'au rythme des élèves. La « première priorité de la Nation » qui tire bien peu de conséquences de la baisse continue du niveau moyen de nos enfants et de notre régression dans tous les classements internationaux. Nous l'aimons notre école, et nous avons raison, mais mesurons ce qu'elle vit : le désarroi de tant de professeurs qui croient à leur métier, l'affaissement continu du niveau des élèves et de la formation des enseignants, la perte progressive de la maîtrise satisfaisante du français écrit…

Nous bombons le torse avec notre « modèle social » que nous idéalisons depuis que le Conseil National de la Résistance, aux heures les plus sombres de l'Occupation, nous a promis les jours heureux. Nous aimons ce modèle généreux, universel, qui ne laisse jamais l'individu seul face aux risques sociaux. Nous le revendiquons. Mais personne ne le copie plus. Nous ne voulons pas voir qu'il a, depuis, inversé la solidarité entre les générations et qu'il fait désormais peser sur les plus jeunes et les plus modestes le poids des générations plus aisées. Nous feignons de ne pas voir qu'il n'est plus viable et nous refusons d'en tirer les conséquences. Nous détournons les yeux sur le fait qu'il aide aujourd'hui sans doute trop ceux qui n'en ont pas besoin, et pas assez ceux qui sont dans le dénuement.

Nous vantons notre aide sociale à l'enfance alors que seuls 12 % des enfants placés ont leur bac, et que seulement 1 % suit des études supérieures et que près d'un quart des SDF nés en France sont d'anciens enfants placés.

Nous admettons qu'il existe en France une politique publique qui, n'ayons pas peur des mots, broie des destinées. C'est une honte nationale. Depuis quelques années, nous avons collectivement pris conscience de l'ampleur des violences faites aux femmes jusque dans leur cercle familial. Il faut maintenant prendre conscience de cette violence qui touche les enfants. Personne, pas même l'État ou les autres collectivités publiques, ne leur porte secours avec efficacité. La protection des enfants, leur épanouissement, leur éducation, leur santé, y compris psychique, l'accompagnement de leurs parents devrait être, demain, une grande cause nationale.

Nous nous inquiétons de la baisse du pouvoir d'achat mais nous sommes fièrement attachés à notre semaine de 35 heures, à nos jours fériés, à nos RTT et au rêve d'une retraite pas trop tardive. Nicolas Sarkozy avait fait rêver une partie des Français avec son « travailler plus pour gagner plus » mais collectivement nous montrons surtout que nous voulons gagner au moins autant sans travailler plus.

Nous entendons les bons esprits critiquer une politique « ultra-libérale » dans un pays qui affiche pourtant un niveau inégalé de dette, de dépense publique, de régulation, de réglementation, de redistribution. « Ultra-libéral ». C'est devenu l'étiquette infamante collée sur toute personne essayant de rappeler que nous vivons dans une économie de marché. Équilibrez votre budget localement, faites attention aux conséquences de vos décisions sur les entreprises et vous serez traité par la gauche et l'extrême gauche de libéral, voire d'ultra-libéral. Je le sais, je le vis au Havre.

Nous déplorons que les politiques d'« austérité », de « rigueur », aient contribué à l'attrition des services publics et à l'affaiblissement de l'État-Providence, alors que nous explosons à la fois les records de dette et les taux de prélèvements obligatoires. Il n'y a pas d'austérité, ni de rigueur, dans un pays où les dépenses publiques augmentent chaque année. Je ne sais pas d'ailleurs ce qui est le plus consternant, des politiques de gauche qui dénoncent une austérité qu'ils ne subissent pas ou des politiques de droite qui revendiquent une austérité qu'ils n'ont jamais mise en œuvre. Demandons aux Grecs, aux Portugais, en quoi consiste l'austérité. Et dépêchons-nous de faire ce qu'il faut pour éviter d'avoir à subir ce qu'ils ont subi.

Nous refusons de voir que si nous augmentons les moyens ici, nous devrons les réduire ailleurs. Nous entretenons l'idée qu'il puisse y avoir une « cagnotte » dans un pays avec 3 300 milliards d'euros de dette publique. Plus personne n'envisage, en présence d'une recette exceptionnelle, de la consacrer au remboursement de notre dette, qui est censée pouvoir augmenter toujours, sans jamais être remboursée, sans jamais trouver de limite. Ce réflexe de bon sens a disparu des radars du débat public national.

Nous prétendons désormais mettre en place une « économie de guerre » sans savoir si cela implique des sacrifices, ni lesquels, et sans vouloir faire la guerre d'ailleurs, ce qui devrait nous inciter à nous poser la question de ce que nous disons lorsque nous parlons d'économie de guerre. Mais non. Une jolie formule, un débat théorique, quelques clashs sur les plateaux télé et le spectacle continuera, emportant tout sur son passage, y compris les sujets importants et les stratégies de long terme !

Nous exigeons des droits, de préférence pour toujours, mais nous refusons qu'on nous impose des devoirs, même temporaires.

Nous aimons notre système de soins, dont nous avons longtemps vanté les mérites, tellement moins cher et moins inégal que le système américain, tellement plus libéral et plus respectueux des choix individuels que le britannique, tellement simple avec sa carte vitale, son tiers payant et son hôpital toujours ouvert et toujours accessible. Nous l'aimons mais nous l'aimerions tellement plus s'il fonctionnait. Si chacun avait accès sans trop de difficultés au médecin généraliste dont il a besoin, si les pénuries de médicaments ne venaient pas compliquer la donne, si les urgences n'étaient pas engorgées, si les maternités ne fermaient pas ou n'étaient pas si lointaines. Pas un endroit en France, en ville ou à la campagne, où je ne constate l'effet corrosif que produit sur la société un système où les droits proclamés sont généreux mais où la réalité est dégradée. Et que faisons-nous ? Nous formons plus de médecins, certes, nous essayons de faire monter en compétence les autres professionnels de santé, formidable, nous améliorons l'organisation des soins, nécessaire, mais nous continuons à rembourser des médicaments qui ne démontrent que très imparfaitement leurs effets thérapeutiques, nous restons médiocres en matière de vaccination et de prévention : songeons que la vaccination des personnels de soin contre la grippe n'est toujours pas obligatoire ! Songeons que la vaccination contre le papillomavirus n'est que recommandée alors qu'elle devrait être obligatoire et qu'elle protégerait ainsi des milliers de personnes contre les cancers terribles du col de l'utérus ou de la cavité orale !

Nous déversons des dizaines de milliards dans nos politiques du logement ou de la formation professionnelle, mais plus personne ne sait qui paie quoi à qui ni pourquoi. Deux exemples, parmi d'autres, de systèmes inefficaces et coûteux, prisonniers de leur complexité, d'organisations qui dysfonctionnent, de rentes de situation défendues bec et ongles par leurs bénéficiaires, de politiques publiques qui produisent beaucoup trop peu pour beaucoup trop cher.

Nous nous rêvons encore en République laïque et universelle, mais nous sommes tétanisés par l'irruption et le développement rapide d'une religion, l'islam. Dans notre désarroi identitaire, dans notre volonté de combattre un islamisme radical incompatible avec nos lois, nous invoquons la laïcité à tort et à travers comme instrument de coercition sans nous souvenir qu'elle est à l'origine une loi de liberté religieuse et de stricte neutralité de l'État et en oubliant que la loi de 1905, qui organise la laïcité, permet de lutter contre le prosélytisme et ne demande qu'à être appliquée contre tous ceux qui « *soit par menaces contre un individu, soit en lui faisant craindre de perdre son emploi ou d'exposer à un dommage sa personne, sa famille ou sa fortune, ont agi en vue de le déterminer à exercer ou à s'abstenir d'exercer un culte, à faire partie ou à cesser de faire partie d'une association cultuelle, à contribuer ou à s'abstenir de contribuer aux frais d'un culte*[1] ».

La France sécularisée, qui a vu en 60 ans la pratique religieuse s'effondrer comme jamais dans son histoire, se trouve à nouveau saisie par la tension infernale entre le religieux et le temporel. Certains veulent interdire tout signe religieux dans l'espace public, cantonner la religion à l'espace privé, ou même produire un droit particulier pour limiter le développement d'une religion spécifique, ce

1. Article 31 de la loi du 9 décembre 1905. Le Livre V de cette loi, complété en 2021, qui définit la police des cultes, est trop souvent oublié dans le débat public.

qui serait contraire aux principes de la laïcité telle qu'elle est enracinée chez nous ; d'autres pensent qu'il est temps de reconstruire un contrat social intégrant le fait que plus de 5 millions de nos concitoyens sont de confession musulmane et qu'il revient de lutter avec eux, pied à pied, contre les obscurantistes, sans revenir sur nos principes ; d'autres enfin, feignent de ne pas voir le problème et continuent à nier que l'entrisme de l'islam radical puisse poser un problème sérieux à notre République et à notre société.

Nous l'avons vu sur la question du voile dans le sport : nous avons collectivement du mal à séparer ce qui a trait de la différence, respectable en République, de ce qui ressort de l'entrisme islamiste, qui doit être fermement combattu. Dans cette incertitude sur ce que nous sommes et sur ce que notre cadre collectif doit devenir, prospèrent les peurs, les mensonges et les anathèmes.

Pour reconstruire du commun, car il n'y a pas d'alternative, il faut revenir aux principes, et c'est à ça qu'ils servent d'ailleurs : aucune croyance ou règle religieuse ne passe avant la loi de la République, qui doit être appliquée partout.

Il faut ensuite reconstruire des limites claires. Oui, interdire le port de signes religieux aux avocats qui plaident devant un tribunal a un sens : le droit est le même pour tous et la justice n'a pas à connaître les préférences de ceux qui la servent. Oui, interdire dans les compétitions sportives le port de signes religieux a un sens : le maillot collectif et le talent individuel sont les seuls éléments distinctifs qui doivent prévaloir. Il faut également s'interroger sur les lieux et les moments de neutralité où la différence religieuse ne saurait s'exprimer sans heurter le vivre-ensemble. Il faut enfin s'interroger sur la façon de mieux protéger les mineurs des influences religieuses dans une société qui ne les protège plus de grand-chose. Ces nouvelles limites doivent être débattues et collectivement tracées. Mais interdire à un citoyen adulte et libre, dans l'espace public, de faire état de son culte me paraît curieux dans le pays de la laïcité. Et interdire aux seuls musulmans de le faire me paraît à la fois injuste et dangereux.

Nous sommes aveugles sur la justice, alors que c'est elle qui devrait l'être, en pensant que lui accorder plus de moyens suffira à régler les dysfonctionnements dont elle est l'objet, alors qu'il faudrait modifier la matrice de formation des juges, adapter le contenu du droit qu'elle applique, réduire le temps infiniment long qu'elle prend pour rendre ses décisions. Partout, je vois des Français qui doutent de son impartialité, qui ne comprennent pas ses décisions, qui désespèrent de sa lenteur, qui doutent de la capacité des juges à condamner effectivement les coupables de petits délits. Les Français voient bien que leurs prisons sont surchargées, au point qu'on finit par dispenser de peine ceux qui devraient y passer un petit ou un grand moment. Ils voient les condamnations aux peines de prison ferme, consécutives à la commission d'un délit grave, et qui ne donnent lieu à aucune incarcération faute de place disponible. Ils voient des téléphones portables en prison et des multirécidivistes en liberté. Ils voient des trafics qui se répandent partout, depuis les grandes métropoles jusqu'aux petites villes, jusqu'aux chefs-lieux de cantons, par des filières structurées, organisées, armées qui petit à petit colonisent notre pays en répandant partout des drogues dures et des systèmes parallèles.

Souvent, les Français me demandent comment il est possible que nous ne soyons pas en mesure de décider souverainement qui a le droit d'entrer sur notre territoire, qui a le droit d'y rester, d'y travailler, et qui doit, dans la dignité, retourner dans son pays. Ou plutôt comment il se fait que nous le décidions et que nous soyons incapables de le mettre en œuvre.

Souvent, ils me demandent pourquoi notre système paraît récompenser l'illégalité : une peine symbolique pour un délit qui ne l'est pas, une carte de séjour ou une carte vitale qui viennent « sanctionner » des années de présence illégale. Ils ont le sentiment que la générosité française, qui est grande, est utilisée contre la France. Ils désespèrent d'une fraude sociale et d'une fraude fiscale dont ils ne savent pas évaluer le montant réel mais qui leur paraît exploser, d'une excuse de minorité devenue une stratégie, des petites victoires remportées par les délinquants, dont l'accumulation est délétère, et du sentiment d'impunité, des territoires perdus, des zones de non-droit qui en découlent. Lorsque le délinquant roule en berline allemande et le travailleur dans une vieille voiture qu'il peine à entretenir, lorsque le guetteur gagne en quelques jours plus que l'apprenti en un an, l'inversion des valeurs n'est jamais loin.

Et pourtant, nous en parlons, des valeurs !

Les valeurs de la République sont invoquées sur tous les tons et dans tous les sens, celles de la démocratie aussi, surtout quand nous nous indignons de leur méconnaissance. Plus la société se crispe, plus nous nous tournons vers un discours fondé sur les « valeurs » : valeur travail, valeur de la famille, valeurs de la droite ou de la gauche, valeurs de la citoyenneté…

Et pourtant les taux d'abstention sont élevés. Et pourtant l'esprit civique recule. Et pourtant nous laissons les maires et les fonctionnaires qui servent les Français à la merci d'une violence verbale et physique de plus en plus décomplexée. Aucun citoyen raisonnablement informé n'est en mesure de savoir qui s'occupe de quoi, qui est responsable de quoi, à quoi servent ses impôts. Nous avons (beaucoup) trop d'élus (beaucoup) trop mal payés. Nos maires se découragent, nos talents se dirigent désormais vers autre chose que le service de l'État ou la politique. Cela finit par se voir.

Nous mettons en cause notre démocratie représentative, pas assez représentative de la diversité de la société, tantôt accaparée par une classe politique déconnectée, tantôt conquise par des élus sans expérience ; nous regrettons que la « société civile » ne soit pas plus présente dans l'action politique, sans savoir très bien ce qu'est la « société civile » sinon l'ensemble assez majoritaire de ceux qui ne sont pas élus. Et nous avons même réussi à laisser des personnalités n'ayant jamais été élues, n'ayant même jamais été candidates, expliquer que les citoyens les plus légitimes pour représenter leurs concitoyens seraient ceux qui ont été tirés au sort. « Élection, piège à cons », disait-on à une époque. Nous y sommes. On idéalise la concertation et la co-construction, on fait précéder chaque décision d'une procédure si possible complexe et longue, on fait mine de penser que l'unanimité est affaire de bonne foi, et on rend la puissance publique impuissante.

L'État, les représentants du peuple, ne sont plus obéis ni écoutés, non pas parce qu'ils n'écouteraient pas assez ou parce qu'ils ne concerteraient pas assez, mais parce qu'ils ne font rien de leur pouvoir, parce qu'ils sont comme empêchés, par des procédures trop lourdes, des précautions politiques pusillanimes, des contraintes juridiques sédimentées et l'absence à peu près complète de sens de l'intérêt général. Et c'est un cercle vicieux : l'État n'ose plus agir, l'État n'est pas efficace, donc il est critiqué et finit par s'accepter illégitime, alors que dans notre République, il devrait être l'incarnation de la légitimité. Pour y répondre, il promet de mieux écouter, concerte sur tout, légifère partout et n'agit sur rien, s'alourdit de procédures et de contraintes, se ralentit lui-même, abandonne son autorité à des autorités indépendantes. Et le résultat, c'est qu'il est, plus encore, impuissant. Donc illégitime. L'agriculteur qui souhaite construire un hangar ou l'entrepreneur voulant développer un entrepôt se heurte à une réglementation féroce. Trois ans en France contre douze mois ailleurs en Europe : et pour quel résultat ? Nos zones d'activité ou nos zones industrielles sont-elles si différentes de celles qui prévalent aux Pays-Bas ou en Allemagne ? Plus réduites peut-être, mais je ne vois guère de raisons de s'en réjouir.

Nous voulons moins de lois, moins de complexité administrative, mais nous en produisons toujours plus.

Notre logorrhée législative et réglementaire, symbolisée par l'épaisseur décuplée de nos codes rouges, décourage, désespère, irrite ou exaspère les chefs d'entreprise, les agriculteurs, les artisans, les maires, nos concitoyens. La loi, dont les étudiants en droit apprenaient qu'elle devait être écrite avec une main tremblante, est devenue bavarde et confuse. Et comme nous ne sommes jamais à un mensonge près, nous déplorons la surproduction normative de l'Europe tout en rajoutant à chaque texte européen une couche normative bien française. La « surtransposition » est à la réglementation européenne ce que l'addiction est à la drogue : on sait que c'est mauvais mais pourquoi ne pas en reprendre un peu plus pour passer la journée.

Alors pour nous rassurer, nous prétendons que l'explosion normative serait la conséquence du trop grand nombre de fonctionnaires qui produiraient de la norme en permanence tantôt par incontinence tantôt par idéologie. Il y a peut-être un peu de vrai. Mais mon expérience est que bien souvent la production d'une norme est la réponse de la puissance publique à une demande exprimée par une fédération professionnelle, une association d'élus, un groupe d'associations ou une initiative citoyenne. Bien souvent, la réglementation est le moyen de répondre à un fait divers, à un scandale, à une exaspération ou à une aspiration. Croire qu'elle ne serait que le produit des rêves érotiques de fonctionnaires tatillons et de parlementaires excités, c'est s'interdire de comprendre les ressorts puissants de la surproduction de normes dans notre pays.

Nous voilà en tout cas devenus incapables de terminer une autoroute !

Après des années de procédure, après que les travaux ont commencé, alors même qu'ils sont bientôt terminés, nous laissons un juge de première instance considérer qu'un projet mentionné dans la loi et deux fois approuvé par le Conseil d'État serait dépourvu d'intérêt public majeur. Il faut aller sur le tracé de cette autoroute, à Soual dans le Tarn par exemple, pour comprendre l'absurdité navrante de la situation dans laquelle nous nous trouvons. Se rendre sur place, c'est comprendre que mettre un terme à un chantier de cette nature, aussi avancé, n'a aucune chance de produire un effet positif sur le territoire.

« Ils n'avaient qu'à attendre que soient purgés les contentieux avant de commencer les travaux ! » diront les belles âmes. J'ai expliqué dans un autre livre (*Impressions et lignes claires*) les raisons pour lesquelles nous avons été conduits, avec le président de la République, à renoncer à la construction de l'aéroport de Notre-Dame-des-Landes, dossier symbolique à bien des égards de l'indécision, de l'impuissance de l'État, dossier dont nous avons hérité après des décennies d'errements, de contre-messages, de référendums organisés puis balayés, d'enquêtes publiques faites et refaites, d'occupation illégale du site. Et si Notre-Dame-des-Landes enseigne quelque chose, c'est que retarder trop longtemps un projet, laisser s'organiser sur le terrain des forces nombreuses et déterminées à empêcher sa réalisation en espérant qu'un gouvernement suivant puisse forcer la réalisation, c'est condamner le projet : le coût budgétaire augmente et devient déraisonnable et le coût humain associé à une action vigoureuse et continue de la force publique devient irréaliste. Nous devrions au contraire tout faire pour accélérer la réalisation des chantiers, y compris réduire drastiquement les délais contentieux qui s'y attachent.

Mais nous acceptons pourtant, en général contre notre gré, une lenteur en vérité insupportable. Comment ne pas être sincèrement consterné par le temps (environ cinq ans) nécessaire à la production d'un plan local d'urbanisme intercommunal ? Il faut voir la liste des documents obligatoires nombreux, détaillés, complets, exhaustifs, dont il est assez certain qu'ils ne sont lus que par un nombre très réduit d'acteurs publics et probablement par eux seuls ! Comment ne pas être déconfit par le temps nécessaire à l'élaboration des dossiers de réutilisation d'eau dans les départements où la sécheresse la rend indispensable. En la matière, la comparaison entre ce qui se pratique au sud des Pyrénées et ce qui ne se pratique quasiment pas au nord est affligeante.

Nous nous rêvons nation d'agriculteurs, et célébrons dans un enthousiasme sincère et populaire les paysans et leurs productions le temps du salon qui se tient à Paris en février. Nous revendiquons avec l'alimentation et la cuisine un lien qui relèverait de l'exception française. Les Français aiment la bonne bouffe et la cuisine soignée. Peut-être. Mais allons jusqu'au bout. Constatons que nous laissons notre agriculture se battre, ou se débattre, avec des boulets aux pieds déraisonnables, avec des normes « vertueuses » que nous sommes les seuls à appliquer, et une paperasse écrasante. Constatons que nous refusons de consacrer davantage de moyens à notre alimentation au profit de produits locaux, que nous avons pris l'habitude de payer à un prix insuffisant pour les producteurs, quitte à acheter des produits étrangers si les prix venaient à monter. Admettons que si nous aimons glorifier la cuisine française, notre pays est celui d'Europe où l'on trouve le plus grand nombre de McDo, enseigne désormais omniprésente dans les centres-villes et dans les périphéries urbaines ou rurales. La vérité, c'est que l'agriculture allemande est désormais plus prospère (et de loin) que la nôtre, et que la cuisine italienne a, au cours des trente dernières années, pris un leadership dans le monde occidental qui devrait nous interroger sur l'avenir de notre modèle. La vérité, c'est que le problème principal de notre agriculture n'est pas le Mercosur, c'est son décrochage ici, en Europe, par rapport à nos voisins. Ayons le courage de le dire et d'agir pour y remédier sérieusement, plutôt que de trouver des boucs émissaires à l'autre bout du monde.

Et il y a tout ce que nous ne voulons pas voir, qui n'est jamais qu'une autre forme de mensonge que l'on peut se raconter.

Voulons-nous vraiment voir ce que la révolution technologique peut impliquer dans nos vies, les menaces qu'elle peut entraîner et les opportunités qu'elle peut susciter ? Mesurons-nous vraiment qu'elle peut remettre en cause notre façon d'appréhender la liberté, la vie privée, le travail, l'éducation, la santé, la production, l'information ?

Dans le seul domaine de la Santé, et il y en a bien d'autres aussi sensibles en la matière, la révolution des données, de leur exploitation rapide, des nano et des biotechnologies change la donne de façon systémique. Pour le mieux, quand elle permet de soigner et de prévenir. Pour le pire, ou en tout cas pour l'incertain, lorsqu'elle conduira à se poser des questions auxquelles nous ne sommes pas prêts et auxquelles nous ne voulons pas répondre : qui soigner et jusqu'à quand ? Jusqu'où aller dans la médecine prédictive ? Comment concilier équilibre financier collectif et explosion des coûts associés aux traitements innovants ? Bien des fois, lorsque je rencontre des médecins ou des chercheurs, ces questions sont évoquées. Le plus souvent, mes interlocuteurs me glissent que ces questions sont déterminantes, mais qu'elles ne peuvent pas être posées maintenant. En tout cas pas publiquement, compte tenu du caractère explosif des enjeux et des solutions. Certains ne veulent pas voir, d'autres pensent qu'il ne faut pas parler. Le tout nous prépare des réveils difficiles.

J'ai parfois l'impression qu'il serait possible de dérouler cette liste à l'infini. Comme si nos contradictions et nos paradoxes avaient pris le dessus. Comme si nous étions submergés par des réalités qui s'accordent mal avec l'idée que nous nous faisons de ce que nous voudrions être.

Tout cela me scandalise, mais tout cela scandalise à peu près tout le monde, depuis longtemps, souvent silencieusement, souvent dans un soupir, souvent avec un haussement d'épaules, parfois dans l'agacement ou la colère. Tout cela occulte tout ce qui fonctionne bien, et la liste serait, elle aussi, longue. Et il est insupportable de voir prospérer ceux qui surfent sur ce qui ne va pas en niant ou en méprisant ce qui va bien. Clemenceau disait que lorsqu'on était de gauche ou de droite, on était forcément hémiplégique. Une autre façon de dire que les borgnes ne voient parfois que la moitié de la réalité.

Face à ces constats désastreux, les responsables politiques ont développé le thème du changement ou de la rupture. Comme le disait Einstein, la définition de la folie, c'est de faire toujours la même chose et de s'attendre à un résultat différent. Et les responsables politiques, quoi qu'en pensent les contempteurs de la classe politique, ne sont pas fous.

Nicolas Sarkozy a voulu incarner « la rupture ». François Hollande a prétendu que « le changement c'était maintenant ». Emmanuel Macron a dynamité la scène politique pour créer un « nouveau monde ». L'ambition réformatrice était sincère chez Macron et chez Sarkozy, je peux en témoigner. Je suis plus circonspect s'agissant de François Hollande, qui m'a surtout paru bien mal préparé. Cette ambition réformatrice a touché les Français, ceux qui la portaient ont gagné. Mais on peinerait à en retrouver des traces dans la réalité : la crise financière de 2008 a mis un terme à l'ambition de Nicolas Sarkozy et le Covid a stoppé Emmanuel Macron dans son élan réformateur. Auraient-ils pu se relancer après ? Auraient-ils dû ? Pourquoi diable ne l'ont-ils pas fait ?

Peut-on réparer notre pays ? La France est-elle réformable ? Ces questions me sont posées à chacun de mes déplacements. Aussitôt formulées, les raisons pour lesquelles la réponse à donner serait négative sont avancées : les blocages syndicaux, le manque de courage des responsables politiques, le conservatisme généralisé de ceux qui disposent d'une rente, l'incompréhension supposée des élites face à la réalité vécue par les Français, la réglementation européenne qui s'imposerait quoi qu'il arrive… tout cela et bien d'autres choses condamneraient à l'échec.

Jamais, je n'ai ressenti autant d'inquiétude, de frustration, de désillusion et de colère.

J'ai appris en étudiant notre histoire que le long chemin de la France était fait de pentes douces et molles, de méandres confortables, jalonnés de renoncements et d'hypocrisies, conduisant parfois à des désastres violents, et corrigé, dans certains cas, par des mains de fer animées par des esprits éclairés, par des accélérations tonitruantes, des ressaisissements spectaculaires ou des révolutions brutales. En Angleterre et en Allemagne on réforme, en France on révolutionne me disait-on ! Et ça m'énervait ! J'y voyais une critique cinglante contre notre incapacité à nous adapter aux changements permanents du monde, une attaque perfide contre notre prétendue absence de lucidité, ou contre la faiblesse de nos gouvernements. Et puis, je ne sais pas si Louis XVI est d'une autre nature que Charles Ier, mais en fait de révolution, les Anglais avaient quand même décapité leur roi 144 ans avant nous !

Pendant longtemps, face à ces critiques, je citais les transformations réelles mises en œuvre en France dans les 50 dernières années pour montrer que, nous aussi, nous savions nous adapter, et nous reprendre quand les circonstances l'imposaient : après tout, nous avions décentralisé le pays, créé une monnaie européenne en passant du franc à l'Euro, jugulant ce faisant une inflation dont nous avions tant souffert, créé une armée de métier infiniment plus agile et plus efficace que celle qui prévalait à l'époque du service militaire, considérablement libéralisé le fonctionnement de notre économie. Je ne voulais pas admettre que rien n'était possible puisque certaines choses l'étaient.

Et pourtant. Même si nous ne sommes pas plus bêtes que les Allemands ou les Anglais, ni plus intelligents non plus, je dois reconnaître que leur capacité à prendre des mesures difficiles et nécessaires quand les temps changent m'impressionne souvent. La révolution Thatchérienne du début des années 1980, honnie en France et qui a laissé un souvenir cuisant à des millions d'Anglais (pour ne rien dire des Écossais et des Irlandais) et les réformes Schröder du début des années 2000 montrent que la droite anglaise et la social-démocratie allemande ont été capables de transformer la réalité au moment où la Grande-Bretagne et l'Allemagne se voyaient sombrer dans un déclin d'abord relatif puis absolu.

Ces deux nations européennes, aussi difficiles à gouverner que la France, aussi marquées que nous par une histoire complexe, aussi traversées par les aspirations contradictoires de leur peuple et percutées par les bouleversements du monde que nous le sommes, ces deux nations ont été capables, au moment de Thatcher ou au moment de Schröder, de faire lucidement le diagnostic des problèmes à résoudre pour conserver leur rang et préserver leurs intérêts. Puis elles ont été capables de mettre en œuvre les politiques nécessaires pour relever ces défis. Lucides et résolues. Dans une atmosphère de grande tension pour Thatcher et en affrontant de réelles difficultés pour Schröder.

Et cela a payé. Alors bien sûr on peut toujours discuter du bilan de ces deux personnalités. On peut détester l'une ou l'autre.

Et on trouvera bien des gens pour détester les deux, qui n'ont pourtant guère de points communs. Mais il est incontestable qu'à partir d'un diagnostic lucide sur l'état de leur pays, ils ont réussi à mettre en œuvre les politiques de rupture qui leur semblaient adaptées. Et qui ont produit des résultats. Thatcher a interrompu le déclin accéléré de l'économie britannique et a redonné à son pays une présence internationale forte. Schröder a permis à l'industrie allemande d'être dominante pendant près de 20 ans, confortant au prix de réformes difficiles l'insolente prospérité de son pays.

Certes, Thatcher a été démise par son propre parti et Schröder a été battu aux élections. Ils ont renoncé à leur popularité au profit de réformes qu'ils savaient douloureuses et impopulaires mais qu'ils pensaient salvatrices, et dont leurs successeurs ont, du reste, récolté les fruits. Mais préparer son pays aux défis du futur sans y être contraint par un évènement extérieur, y compris au prix de l'impopularité, n'est-ce pas, au fond, ce qu'il faut attendre d'un dirigeant politique ?

Pendant ce temps-là, au moment où les Anglais secouaient leur appareil productif et définissaient leur nouveau modèle de prospérité, la gauche française accordait la retraite à 60 ans. Puis, lorsque les Allemands transformaient leur modèle social pour permettre à leur industrie de prospérer à nouveau, la droite française absorbait les 35 heures sans les remettre en cause et sans engager les réformes indispensables à notre compétitivité future.

Alors faudra-t-il attendre que nous tombions avant de pouvoir nous redresser ?

À Matignon, mon premier déplacement à l'étranger ne fut ni pour Berlin, ni pour Londres. Destinations traditionnellement réservées au Président, au moins en début de mandat. Je décidai de me rendre à Tallinn, la capitale de l'Estonie. Le petit pays balte devait prendre la présidence de l'Union européenne et je voulais essayer de saisir ce qui était souvent décrit comme le « modèle estonien » : une administration ou plutôt une « e-administration » à l'avant-garde, moderne, rapide, dématérialisée, au service du citoyen.

L'Estonie a conquis son indépendance en 1991. Voulant rompre définitivement avec la Russie (sentiment qui s'est plutôt renforcé depuis), l'Estonie a décidé de ne rien garder pour se doter de tout. Ce faisant, Tallinn n'a jamais eu à se demander comment on faisait depuis toujours mais plutôt, comme lorsqu'il est fait table rase du passé, comment il fallait faire désormais pour l'avenir.

Certes, les tables rases sont souvent froides et lisses. Au Havre, l'expression désigne la situation de la ville juste après les bombardements de septembre 1944, lorsqu'en deux jours tout a été détruit. Tout. Le passé, la ville telle qu'elle existait, la propriété publique comme la propriété privée. Tout. Sur ce vide, une nouvelle ville a été construite. Et les architectes ne se sont pas trop interrogés sur ce qui se faisait jusqu'alors ou sur ce qui contraignait. Ils ont au contraire imaginé avec les techniques du moment une ville adaptée aux enjeux de demain tels qu'ils les percevaient.

Faire table rase est un exercice brutal. Mais reconnaissons que cet exercice présente, au moins intellectuellement, quelques avantages.

Comment ne pas aimer l'idée que nous revisitions, régulièrement, la meilleure allocation de l'argent public, à la lumière des évolutions du monde ?

Comment ne pas aimer l'idée de questionner ce qui ne l'est plus, par confort ou par habitude ?

Comment ne pas aimer l'idée que les choix s'adaptent à la réalité, et non pas à l'histoire qu'on se raconte ?

Comment ne pas être sensible à l'idée que les subventions publiques ne créent pas de droit imprescriptible à être renouvelées sans discussion ou à celle voulant que les moyens publics puissent être redéployés en fonction des nécessités ?

Parfois je croise des Français qui espèrent la table rase. Qui pensent qu'il faut tout casser pour pouvoir tout reconstruire. Que nous ne nous réveillerons pas avant d'avoir foncé dans le mur, et que donc il serait bon que cela arrive afin que nous puissions en tirer enfin les conséquences. La volonté de rupture peut aller jusqu'à un certain appétit pour la catastrophe. La « divine surprise » de Maurras n'est jamais que la fille naturelle du désastre de mai-juin 1940.

En 1945, le redressement de la France a résulté, peu ou prou, d'une logique de table rase. Dans des conditions matériellement très difficiles, administrativement très confuses et politiquement très tendues, nos anciens ont redéfini les missions d'un État moderne, les éléments fondateurs d'un pacte social nouveau, les fondements d'un régime démocratique rénové et les politiques publiques adaptées aux nouvelles priorités de la Nation. Tout a été difficile et tout n'a pas été réussi.

En 1958, le dernier grand sursaut national est intervenu avant la catastrophe. Juste avant. Il a été le produit d'une lucidité clinique conjuguée à une très grande fermeté d'exécution. Il a été l'œuvre d'un homme unique par son ambition et par sa dimension. Il a aussi été un moment exceptionnel de ressaisissement institutionnel, politique, économique, social, porté par une vision de la Nation et une « certaine idée de la France ». Le corps social a été emmené non sans heurts, non sans contestation, vers un objectif compris par tous.

La période comportait une caractéristique paradoxale : la verticalité, presque totale, vécue par certains comme une brutalité, mais tellement en contraste avec l'horizontalité aujourd'hui idéalisée.

Y sommes-nous prêts ?

Je crois pour ma part que nous n'y couperons pas.

Si la France veut cesser de se mentir et se ressaisir en vérité, elle devra avoir recours aux instruments démocratiques permettant de trancher et de construire rapidement. Aujourd'hui ils sont au nombre de deux : le référendum et l'ordonnance. Leur usage est encadré, de plus en plus strictement, et leur contenu est contrôlé, de plus en plus complètement. Les parlementaires ne les aiment pas. S'en servir est risqué.

Mais le plus risqué, dans les années qui viennent, serait de ne pas s'en servir.

Notre démocratie ne s'en remettrait pas.

La démocratie est merveilleuse.

Je l'ai longtemps tenue pour acquise. Elle était là quand je suis né et elle serait là après moi. Familière. Naturelle. Rassurante. Solide.

En 1981, j'avais bien entendu dire, pas chez mes parents, mais chez quelques amis de mes grands-parents, que si François Mitterrand l'emportait, les chars soviétiques seraient à Paris et la démocratie s'effondrerait. Mes parents, ça les faisait rire. À l'époque, ils votaient plutôt à gauche. Et le 10 mai au soir, avec tous leurs amis professeurs, la fête avait été mémorable. Ni le 11 mai, ni d'ailleurs les jours suivants, les chars n'étaient arrivés.

Et la démocratie avait fonctionné, permettant une transmission pacifique du pouvoir à une nouvelle majorité soumise au même droit constitutionnel que la précédente. Une nouvelle majorité qui prétendait changer la vie mais pas le régime politique. Une nouvelle majorité qui a prospéré, puis rencontré des difficultés, puis perdu des élections et laissé le pouvoir à d'autres, pacifiquement là encore.

J'ai longtemps considéré que la démocratie présentait des avantages si nombreux et représentait un progrès si puissant que le sens de l'histoire, pour autant qu'il y en ait un, était celui de son avènement. Bien sûr, il ne s'agissait pas d'un chemin droit et tranquille, bien sûr, il y avait des accidents et des luttes, des contretemps et des erreurs, mais enfin, je me disais, comme beaucoup d'Occidentaux, que lorsqu'une transition démocratique se mettait réellement en place, le pays concerné s'en trouvait plus heureux : la stabilité politique pouvait s'installer, la prospérité collective se développer et les libertés individuelles et publiques s'épanouir.

Et bien des exemples entretenaient cette confiance et cette intuition. La Corée du Sud était passée d'un régime dictatorial à une démocratie, le pays s'était enrichi, sans menacer ses voisins mais en étant mieux à même de se protéger par lui-même. Les pays de l'Est de l'Europe illustraient, chacun à leur manière, chacun avec ses hésitations voire ses faiblesses, mais chacun de façon convaincante, l'intérêt du basculement démocratique. Le mouvement progressif de l'Amérique du Sud au cours de la décennie 1980-1990 démontrait la validité de l'intuition.

Et puis j'étais fasciné, je le suis encore d'ailleurs, par cette constance historique et tout à fait remarquable selon laquelle jamais une démocratie n'avait déclaré la guerre à une autre démocratie.

La démocratie devait donc prévaloir, à la fin. Comme me disait ma grand-mère, à la fin, les bons finissent toujours par gagner, et s'ils perdent, c'est que ce n'est pas la fin.

Pourtant, la démocratie libérale est fortement contestée.

Elle l'est par des régimes politiques qui se présentent comme une alternative plus efficace pour garantir la stabilité interne et la prospérité collective. Certes au prix de libertés individuelles réduites à la sphère privée et de libertés publiques très fortement encadrées, mais avec le sentiment partagé de construire une société moderne et infiniment meilleure que celle qui précédait.

Elle l'est par des régimes politiques qui revendiquent un appétit de puissance auquel les démocraties ont renoncé pour privilégier leur confort. « *La démocratie c'est comme le tramway, quand on arrive au terminus, il faut descendre* » : le président turc Erdogan a résumé cette idée en une formule saisissante qu'il paraît déterminé à mettre en œuvre sans scrupule ni hésitation, comme le récent embastillement du maire d'Istanbul l'a cruellement montré. Il faudrait passer à autre chose lorsque l'objectif principal devient le retour de sa nation à la place dont elle s'est vue privée par le concert des démocraties libérales un siècle auparavant.

Elle l'est par des régimes politiques qui ont un intérêt objectif à fragiliser des voisins qui sont perçus comme des concurrents voire comme des menaces.

Elle l'est par des ingérences, des déstabilisations et des corruptions qui n'échappent qu'à ceux qui ne veulent pas les voir.

Et même si je continue à penser que la démocratie est le meilleur des régimes, je sais désormais que les démocraties libérales sont fragiles et qu'elles ne sont jamais aussi faibles que lorsqu'elles pensent qu'elles n'ont plus besoin de se défendre ni plus rien à prouver.

Notre démocratie est malade.

Du reste, elle n'a jamais été parfaite : elle a exclu les femmes du corps électoral et des lieux de décision jusqu'en 1945. Et il fallut de longues années ensuite pour que les mauvaises habitudes changent. Il n'est pas certain qu'elles aient toutes changé d'ailleurs. Elle a laissé prospérer des barbouzeries peu glorieuses tout au long de l'époque gaullo-pompidolienne. Elle a mis un temps considérable à assainir la question du financement des partis politiques, en fermant longtemps les yeux sur des pratiques peu réjouissantes. Elle a échoué à trouver des réponses efficaces à certaines questions importantes et s'est délectée de débats sans fin sur des questions d'importance secondaire.

Mais enfin, même imparfaite, elle a démontré, à intervalles réguliers, le courage de changer ce qui n'était plus acceptable.

Aujourd'hui, elle est malade.

Les symptômes sont anciens et connus. Les partis politiques, censés structurer le débat public et animer la vie publique, ne sont plus que l'ombre d'eux-mêmes : leur contribution au débat des idées est faible, le nombre de militants ou de cadres qu'ils rassemblent est dérisoire, leur capacité à créer et à transmettre une culture politique est insignifiante.

La participation aux élections, indicateur intéressant de la volonté plus ou moins partagée de prendre part au processus de décision collectif, diminue tendanciellement. Si on examine la participation au premier tour des élections législatives, on constate qu'entre 1958 et 1988, pendant les trente premières années de la Ve République, le plus bas score de participation est de 66 %, en 1988. Si on regarde les trente dernières années de la Ve, le taux le plus élevé est de 66 %, en 2024.

Les maires expriment à intervalles réguliers leur malaise face aux difficultés d'exercice de leur mandat ; les Services départementaux d'incendie et de secours disent combien ils sont inquiets de voir le nombre de candidatures chez les sapeurs-pompiers volontaires diminuer ; le civisme, qui exprime le lien minimal entre le citoyen et la collectivité politique dont il est membre, est plus souvent tourné en dérision que mis en valeur ; le débat public, qui devrait permettre d'éclairer la décision politique et de former l'opinion de chacun de nos concitoyens à travers une conversation collective, s'est polarisé au point de se réduire trop souvent à la juxtaposition de communautés se renforçant chacune dans le confort de l'entre-soi que leur offrent les réseaux sociaux et la presse d'opinion.

Et puis est arrivé ce que nous, Français, pensions impossible. La Ve République, construite par le général de Gaulle contre le régime des partis pour assurer au pays stabilité et capacité d'action, s'est abîmée après 75 ans de bons et loyaux services dans l'immobilisme et les combinaisons parlementaires. J'ai exprimé mon opinion sur la décision de dissoudre l'Assemblée nationale en juin 2024. Mais cette funeste initiative n'a fait qu'enrayer une horloge déjà détraquée par plusieurs réformes qui en ont depuis longtemps altéré l'esprit et, parfois même, la lettre.

Si les symptômes sont connus et documentés, le diagnostic est, lui, nettement moins partagé.

On nous dit que la démocratie serait malade de ses règles du jeu : la Constitution de la Ve aurait mis en place un régime où un exécutif surpuissant viendrait asphyxier le Parlement, rendant impossibles la discussion et l'élaboration d'un compromis démocratique et renvoyant la contestation dans la rue. La notion même de démocratie représentative, qui repose sur l'élection par le peuple de représentants à qui est confiée la responsabilité de prendre, au nom du peuple, les décisions collectives, est remise en cause. Au fond, cette démocratie, qui réduirait la participation des citoyens au vote le jour des élections, serait incomplète et il conviendrait que les citoyens puissent, entre chaque élection, et pour chaque décision, faire entendre leur voix et participer à la définition des solutions collectives.

Peu efficace pour garantir la participation réelle des citoyens aux décisions publiques, la démocratie serait par ailleurs en train de mourir de son incapacité à régler les problèmes réels de notre société. Écrasée sous ses principes généreux, bloquée par la sédimentation de règles juridiques, tétanisée par les revendications contradictoires exprimées par des groupes d'intérêts, la démocratie prendrait du retard, ne saurait pas garantir la sécurité de ses concitoyens, se bornerait à réagir, mal, aux urgences successives sans être capable de concevoir une stratégie partagée.

Tout le monde ressent ce malaise.

Tout le monde s'accorde pour dire que quelque chose ne va pas, qu'il faut faire quelque chose. Et de fait, nous avons beaucoup fait. En nous inspirant d'idées à la mode, d'idées plutôt populaires, d'idées qui font acquiescer dans les chaumières, d'idées auxquelles nous avons cédé en espérant améliorer les choses, sans qu'aucun effet positif ne se fasse sentir, mais au prix d'inconvénients sérieux.

Nous nous sommes reposés sur quatre illusions, en nous berçant de l'idée que la démocratie fonctionnerait mieux si nous les mettions en œuvre, et que nos concitoyens en seraient rassérénés.

La première illusion est celle de l'horizontalité, qui est devenue une forme d'idéal. La verticalité, voilà l'ennemi ! La présidence « jupitérienne » d'Emmanuel Macron ou « l'hyper présidence » de Nicolas Sarkozy, la décision qui vient d'en haut et qui s'impose, ignorant les nuances de la réalité, les différences du terrain, les subtilités de l'opinion : tout cela ruinerait la démocratie, qui aurait besoin pour fonctionner d'associer les citoyens plutôt que de les soumettre.

Pour faire revivre notre démocratie, rien de tel qu'une exigence permanente d'horizontalité, de conventions citoyennes, de consultations générales ou locales. En multipliant les procédures permettant d'associer les populations, les groupes d'intérêt, les collectifs, les mobilisations citoyennes, les parties prenantes, la décision serait forcément meilleure.

Je dois avouer qu'avec le temps je doute de plus en plus du bien-fondé de cette idée générale. Je ne méprise pas l'exercice, et il m'arrive de le pratiquer avec bonheur dans ma ville, tant il est vrai que l'aménagement d'une place ou la rénovation d'un quartier peuvent donner l'occasion d'écouter et d'associer les habitants du quartier à la définition d'un projet intelligent. J'observe d'ailleurs que la réalité de la participation est toujours plus importante quand elle n'est pas enserrée dans une procédure strictement encadrée au niveau national mais quand elle est définie, *ad hoc*, au niveau local.

Mais enfin, il est temps d'admettre que les procédures de grand débat public préalables aux grands travaux d'infrastructures, les procédures d'enquête publique préalables à un très grand nombre de décisions locales n'ont qu'un intérêt très marginal, qu'elles ne parviennent jamais à convaincre les partisans ou les opposants à un projet du bien-fondé des thèses de l'autre, qu'elles ralentissent significativement les procédures juridiques sans les sécuriser réellement.

Il se trouve que, même dans une démocratie, à la fin, il faut que quelqu'un décide.

Dans les démocraties, comme dans toutes les sociétés organisées, il faut un chef. L'immense avantage des démocraties, c'est qu'il est élu, critiquable, remplaçable et que ses décisions sont contestables. Mais imaginer que pour que les démocraties puissent révéler tout leur potentiel, il faudrait brimer au maximum les pouvoirs du chef, remettre en cause la notion même de chef, me paraît d'une absurdité totale. Et j'entends avec crainte la contestation insidieuse de la démocratie représentative se confondre avec celle de l'autorité, je vois avec tristesse prospérer la revendication de consultations permanentes, je constate avec consternation que s'insinue l'idée selon laquelle les élections ne suffiraient plus pour réguler notre démocratie.

Tout cela me paraît dangereux. La vérité, c'est que la vie en société implique de la verticalité. Trancher. Décider. Plaire à certains, décevoir les autres. Et c'est vrai dans notre vie politique qu'elle soit locale ou nationale. Si tant de maires ont eu la possibilité de transformer aussi profondément leurs villes, y gagnant parfois le respect transpartisan de leurs concitoyens, c'est parce qu'ils peuvent trancher, décider, mettre en œuvre ce sur quoi ils se sont engagés.

La seconde illusion mortifère et pourtant glorifiée de notre démocratie tient à la transparence. Bien souvent elle est présentée comme un attribut de la vertu : tout montrer, ne rien cacher, voilà qui garantirait la probité de ceux qui contribuent à l'action publique. Tout révéler de son patrimoine, de ses rémunérations, de la carrière des membres de sa famille, de leur évolution, voilà qui permettrait d'éviter les fraudes.

Derrière la progression de la transparence, il y a l'idée de la moralisation de la vie publique. Chaque barreau de l'échelle a été ajouté après un scandale, pour donner à l'opinion publique l'assurance que les contraintes nouvelles pesant sur la vie des élus ou de leurs collaborateurs empêcheraient les comportements illégaux de certains d'entre eux. Et dans un enthousiasme que rien n'est parvenu à ralentir, nous avons construit un système de plus en plus complexe et pesant pour mettre à la disposition du public des informations personnelles sur les élus et leurs collaborateurs, pour identifier les potentiels conflits d'intérêts susceptibles d'être dénoncés et pour imposer des mesures tendant à les prévenir. Une Haute autorité pour la transparence de la vie publique a été créée en 2013, en remplacement de ce qui n'était alors qu'une

Commission pour la transparence financière de la vie politique. Les mots ont un sens : on est passé d'une commission à une Haute autorité, et ce n'est plus la transparence financière de la vie politique qui est en cause, mais bien la transparence (tout court) de la vie publique (qui est bien plus large que la vie politique).

Cette Haute autorité est destinataire de toutes les déclarations de patrimoine et d'intérêts des membres du gouvernement, des parlementaires, d'un très grand nombre d'élus locaux, de leurs collaborateurs de cabinet, des hauts fonctionnaires, de certains magistrats. En fonction des mandats exercés ou des responsabilités exercées, ces déclarations sont plus ou moins accessibles au public. Et gare à ceux qui ne rempliraient pas correctement ces obligations déclaratives : ils encourent une peine de prison de trois ans et une amende de 45 000 euros.

Lorsqu'on n'est pas astreint à cette obligation, on ne mesure pas exactement ce qu'elle a d'intrusif et de désagréable. Et il se trouvera toujours des citoyens sincèrement convaincus que ceux qui exercent une fonction publique doivent être préparés à ne plus avoir de vie privée.

Dans les faits pourtant, il y a beaucoup à dire. D'abord, et c'est peut-être le plus triste, il faut bien comprendre que le dispositif actuel, s'il permet de sanctionner ceux qui se trompent, volontairement ou involontairement, dans leur déclaration, ne permet en rien de prévenir la fraude. Il est à craindre que ceux qui ne déclarent pas la totalité de leurs revenus ou de leur patrimoine aux impôts ne déclarent pas non plus la totalité de leurs revenus ou de leur patrimoine à la HATVP.

Mais de façon bien plus significative, il faut constater l'effet délétère que produit le dispositif sur l'ensemble de ceux qui pourraient vouloir servir leur pays à des fonctions placées sous son empire. J'ai vu des ministres pressentis, qui, par leur passé professionnel et leurs qualités humaines, auraient incontestablement apporté à la France, renoncer au poste qui leur était proposé par refus de voir leur patrimoine personnel et celui de leurs proches mis à nu. J'ai vu des femmes et des hommes au parcours exceptionnel dans le privé renoncer à des postes en cabinet, non pas parce qu'ils auraient gagné beaucoup moins, mais par peur de voir ensuite la HATVP leur interdire pendant trois ans de retourner exercer dans le secteur dont ils sont issus. Tant mieux, vous diront ceux qui pensent que par nature le privé et le public devraient être distincts. Je suis au contraire convaincu que sans vraiment l'avoir voulu, sans vraiment en avoir mesuré les effets, nous avons créé une machine à priver la fonction publique de talents ou de compétences qui lui seraient pourtant nécessaires.

J'observe enfin que nous sommes l'un des seuls pays au monde à considérer que les conflits d'intérêts n'existent pas seulement entre le monde public et le monde de l'entreprise. Nous en dénichons et en sanctionnons au sein même de la sphère publique. Tout cela peut sembler fou mais les élus locaux doivent désormais se protéger des conflits d'intérêts susceptibles d'être constatés entre des structures publiques dans lesquelles ils siègent à raison de leur mandat local.

Et c'est d'ailleurs ainsi que se révèle la troisième illusion dangereuse qui est venue transformer et, à mes yeux, fragiliser la vie démocratique : la judiciarisation de l'action publique.

Au cours de ces dernières décennies, pour assainir des pans peu reluisants de l'action publique, pour prévenir des abus ou des fraudes dont certains responsables publics s'étaient rendus coupables, pour répondre aux doutes croissants de l'opinion publique sur la probité de la classe politique, nous avons créé un système dans lequel les élus locaux et nationaux sont de plus en plus soumis au contrôle du juge pénal.

Entendons-nous bien : je ne conteste évidemment pas que les responsables publics puissent avoir à répondre de leurs actes. Être élu et assumer des responsabilités dans la vie de la cité ou de la nation ne peut pas conférer des droits supplémentaires ou une irresponsabilité pénale particulière.

Mais je constate que la France est l'un des seuls pays du monde dans lequel des dirigeants politiques ont été mis en cause pénalement pour les décisions qu'ils ont prises, et d'ailleurs aussi pour les décisions qu'ils n'ont pas prises, durant l'épidémie de Covid. J'en parle alors qu'après plusieurs années d'instruction, plusieurs perquisitions à mon domicile, plusieurs jours passés à répondre aux questions des juges, j'attends que la Cour de justice de la République prononce un non-lieu. Rien d'agréable à vivre toutes ces années avec cette procédure. Je m'y suis évidemment soumis, sans rien dire de ce que je pensais de la façon dont procédaient les juges en charge du dossier, sans mettre en cause la justice, sans jamais avoir réussi à comprendre si j'étais mis en cause parce que les décisions que j'avais prises étaient trop dures ou parce qu'elles ne l'étaient pas assez. Je m'y suis soumis en mesurant parfaitement combien tout au long de la période Covid la question de la responsabilité pénale des ministres, des directeurs d'administration centrale, des directeurs d'ARS, des préfets, des directeurs d'hôpitaux venait percuter la gestion de la crise, conduisant certains à sortir des parapluies plutôt qu'à prendre des décisions, tétanisant d'autres, ralentissant tout le monde et déconcentrant finalement un système administratif et politique qui avait mieux à faire qu'à s'interroger sur les éventuelles conséquences pénales pouvant être associées à telle ou telle décision.

Au-delà de l'épisode Covid, comment ne pas voir que la procédure pénale est devenue un élément du débat public ? L'incroyable célérité avec laquelle l'affaire Fillon est apparue et a été traitée, la tout aussi remarquable lenteur avec laquelle d'autres affaires, parfois bien plus graves, semblent se perdre dans les méandres procéduraux, la possibilité donnée par le législateur au juge d'interrompre en cours de mandat, sans appel, l'éligibilité d'un élu, la facilité avec laquelle une plainte au pénal devient publique et fait l'objet d'une procédure d'information préliminaire dont la presse retrace avec délice l'évolution, la mise en place de délits « topographiques », c'est-à-dire totalement dépourvus de lien avec une quelconque intentionnalité, qui viennent sanctionner la « prise illégale d'intérêt » sans qu'il soit toujours possible de dire quel intérêt personnel aurait été satisfait, tout cela fait peser sur l'action publique une pression qui dessert le débat public.

Et que l'on ne s'imagine pas que la judiciarisation serait réservée aux responsables politiques nationaux ou aux candidats aux fonctions dites suprêmes. Les élus locaux y sont de plus en plus soumis, et l'utilisation du pénal est désormais un élément du débat public local : rien de tel pour ambiancer une campagne électorale qu'une bonne petite plainte en forme de boule puante.

La quatrième et dernière illusion à laquelle certains continuent à croire tient aux conditions d'exercice des mandats locaux. Tout se passe comme si nous voulions à la fois que les élus se consacrent exclusivement à leur mandat, sans que rien ne soit fait pour qu'ils puissent le faire vraiment, tout en rendant compliqué de le faire autrement. Vous ne trouvez pas ça clair ? Vous avez raison ! En la matière rien n'est vraiment clair.

Nous avons décidé de supprimer une exception française, celle du cumul des mandats. Depuis toujours, en France, il était permis de cumuler un mandat local (maire ou président de conseil départemental ou régional) et parlementaire (député ou sénateur). Pour encadrer les choses, après que pendant longtemps, il n'y eut en la matière aucune limitation, le législateur avait autorisé le cumul d'un mandat parlementaire et d'un mandat exécutif local tout en limitant la possibilité de cumuler les rémunérations issues de ces mandats. Travailler plus, en la matière, ne pouvait pas vouloir dire gagner plus. Et de fait, bien des Français choisissaient, au moment des élections, d'enraciner leurs députés ou d'envoyer à Paris leur maire, ou le maire de la commune voisine. Le cumul permettait-il à lui seul de bien légiférer, de suffisamment prendre en compte la diversité du pays, de limiter la production normative à ce qui était nécessaire ? Sans doute pas.

Il fut donc décidé par le législateur d'interdire le cumul. Je note que cette interdiction a été décidée par la même majorité (celle de François Hollande) qui a créé la HATVP, et qui a donné au juge la capacité de prononcer l'exécution provisoire de l'inéligibilité d'un élu.

Adoptée pour satisfaire la *vox populi* (et qui ne l'a d'ailleurs pas satisfaite), l'interdiction du cumul des mandats a conduit, en 2017, à une transformation massive de l'Assemblée. Je ne crois pas qu'elle ait eu pour effet de désigner des élus ignorants des réalités de leurs circonscriptions. Les députés, même lorsqu'ils sont parachutés, ce qui arrive encore, connaissent leur terrain assez vite et assez bien. Mais les députés ont été écartés des lieux de décisions locales, des lieux où se discutent les conséquences pratiques locales de tel ou tel dispositif législatif. Et très vite, ils ont cessé d'être considérés comme les porte-voix de la réalité locale.

Renvoyés à leur seule légitimité parlementaire, les députés, dont le nombre n'a pas diminué, ont donc légiféré avec plus d'entrain encore, soucieux de se faire remarquer par leur contribution à l'activité normative. Je peine à voir ce que nous avons gagné à supprimer le cumul ; je vois bien en revanche ce que nous y avons perdu.

Mais en plus de limiter leur activité à un seul mandat, nous avons rendu toujours plus difficile l'exercice par les élus locaux d'une activité professionnelle parallèle à des mandats dont je prétends, même si cela n'est pas populaire, qu'ils sont insuffisamment rémunérés au regard des responsabilités exercées et des contraintes supportées. Le risque toujours croissant de conflit d'intérêts, le rythme de réunions rendu bien plus régulier et contraignant par l'importance croissante des intercommunalités, la protection sociale très insuffisante au regard de la précarité des fonctions, tout cela ne rend pas le mandat local très attractif. Or être maire d'une petite commune est difficile, peut-être plus encore qu'être maire d'une grande métropole. Les difficultés changent sans doute de nature avec l'étendue de la collectivité dont les maires ou les présidents d'exécutifs départementaux ou régionaux ont la charge, mais il est certain que le statut, ou plus exactement les conditions d'exercice de ces mandats ne sont objectivement pas satisfaisantes au regard de l'importance et de la difficulté de la tâche. Et que pour ne pas heurter la même *vox populi*, on n'entend guère de voix s'élever pour rappeler qu'une démocratie qui néglige ses principaux piliers est une démocratie qui se met elle-même en danger.

Faisons-nous tout ce qui est nécessaire, et utile, et efficace, pour attirer vers les mandats électifs les talents des générations qui composent notre pays ? Je ne le crois pas. Et je pense qu'il y a là un danger dont nous devons nous défier. C'est la raison pour laquelle, et sans retomber dans les excès inverses, je crois nécessaire de lever ces illusions qui me paraissent de plus en plus relever de fausses bonnes idées.

Au début des années 2000, le débat public s'était saisi de la question de la réduction du mandat présidentiel. Pour des raisons variées et rarement désintéressées, il était apparu que passer d'un mandat de sept ans, comme c'était le cas depuis le début de la IIIe République, à un mandat de cinq ans, plus proche des mandats des démocraties comparables, constituerait un progrès démocratique, une occasion de faire participer plus souvent le peuple à la désignation du chef de l'État, une possibilité de moderniser nos institutions. Le mandat a été raccourci, après un référendum marqué par une abstention record (70 %) et une approbation massive (73 % des exprimés). A-t-on atteint les objectifs recherchés ? J'en doute.

Bientôt, le débat public se saisira de la question du mode de scrutin. À nouveau devrais-je dire, tant les responsables politiques aiment à imaginer de nouveaux modes de scrutin pour, paraît-il, mieux représenter les Français au Parlement et améliorer encore le fonctionnement de la démocratie. Derrière la question théorique, des acteurs politiques animés par des intentions qui n'auront rien de désintéressées viendront à nouveau défendre les mérites d'un vote à la proportionnelle pour les élections législatives. Après tout, il en existe, des mérites. Chaque mode de scrutin présente des avantages et des inconvénients.

Mais je préfère dire que je ne serai jamais convaincu par un système qui présente à mes yeux deux limites essentielles.

D'une part la proportionnelle signe le retour du régime des partis, en ce qu'elle donne à chaque état-major la possibilité de choisir les candidats aux législatives en s'affranchissant des propositions locales. Un chef de parti qui veut accroître son pouvoir dans son parti trouve toujours des mérites à la proportionnelle. Une proportionnelle nationale, régionale ou même départementale dans un régime où le cumul des mandats a été supprimé coupe par ailleurs encore plus fortement le lien entre un parlementaire et ses électeurs. Je doute que le malaise que vit notre démocratie puisse se dissiper en éloignant encore l'électeur de l'élu.

Mais surtout, l'élection proportionnelle rend plus difficile la définition d'une majorité parlementaire. Elle ne l'interdit pas par principe, comme on a pu le constater en 1986, lorsque le scrutin adopté par la majorité socialiste en 1985 a finalement donné une majorité (très courte) à la droite conduite à l'époque par Jacques Chirac. Mais elle tend par nature à faire une place proportionnellement plus importante aux petites formations, et renforce le risque de placer l'Assemblée dans une situation d'absence de majorité. Comme celle que nous vivons actuellement et que je crois délétère.

Notre démocratie est malade. Et pour se ressaisir, elle n'a pas besoin de bons sentiments. Elle a besoin d'action, donc d'une majorité au service d'un projet. Elle a besoin d'un débat public à la hauteur, de chefs prenant leurs responsabilités, de corps intermédiaires responsabilisés et de citoyens exigeants. Elle a besoin de clarté dans l'expression et de détermination dans l'action. Elle a besoin de reposer sur le civisme et l'engagement des citoyens bien plus que sur des procédures complexes et souvent incompréhensibles.

C'est de là que viendront la rupture avec l'impuissance publique, et le ressaisissement attendu.

« *Il n'est de richesse que d'hommes.* »
Jean Bodin

« *La démographie, c'est le destin.* »
Auguste Comte

La démographie est une science merveilleuse.

Elle étudie l'évolution des populations, leur nombre, leur âge, leur composition par sexe. Depuis qu'elle existe, elle est intimement liée à l'action publique. Elle se nourrit des données accumulées par les églises (autrefois) ou par les autorités administratives relatives aux naissances ou aux décès et elle s'épanouit avec l'analyse des recensements réguliers. Elle est précieuse pour un État, car elle permet assez finement de savoir comment a évolué et comment va évoluer une population. Là où beaucoup de sciences sociales sont utiles pour expliquer après coup ce qui s'est passé, la démographie permet de prévoir des évolutions.

Une nation lucide, qui ne se raconte pas d'histoires, qui ne pratique pas la politique de l'autruche, qui essaie de préparer l'avenir, devrait donc prendre en compte de façon extrêmement rigoureuse la question démographique.

Nous faisons tout l'inverse.

La persévérance avec laquelle la France méprise les données dont elle dispose en la matière est édifiante. L'incapacité répétée de notre société à intégrer dans le débat public des évolutions prévisibles pour faire face correctement à des problèmes dont tout le monde sait qu'ils sont sérieux me laisse sans voix. Et depuis longtemps.

Je me souviens que j'étais élève en seconde, au lycée des Bruyères, lycée public dans la banlieue rive gauche de Rouen. En novembre 1985, mon professeur d'économie, dont je ne parierais pas sur le fait qu'il ait été un homme de droite, nous explique comment fonctionne le système de retraites en France. Ce système, dit par répartition, repose sur un principe simple : ceux qui travaillent payent chaque mois des cotisations et ces cotisations sont versées à ceux qui ont travaillé et sont désormais à la retraite. C'est une logique de flux, les sommes prélevées sur ceux qui travaillent étant versées immédiatement à ceux qui ne travaillent plus.

Rien de très compliqué. À ce stade.

Arrive la démographie. Notre professeur nous montre une pyramide des âges, c'est-à-dire la répartition par âge de la population française. Il compare la pyramide des âges en vigueur en 1950 (base large, sommet étroit, une vraie pyramide) et celle en 1985 (avec une forme qui se rapproche de la colonne, un peu plus haute parce qu'on vieillit plus). Il nous explique avec ravissement l'allongement de l'espérance de vie. Il nous montre le pic de natalité qui commence en 1943 et s'accélère pendant quelques années, tellement massif qu'il est appelé le baby-boom, il insiste sur la baisse du nombre de naissances à partir du milieu des années 1970. Et il nous explique qu'un jour, à partir de 2005 et de plus en plus ensuite, notre pays vivra un papy-boom.

Et dans cette salle, de façon très simple et tout à fait lumineuse, il fait comprendre à une classe de seconde que le système de retraites par répartition est par nature très largement dépendant de la démographie. Si la démographie permet aux actifs d'être beaucoup plus nombreux que les retraités, chaque actif paye peu pour qu'un retraité puisse toucher sa retraite. Si la démographie se retourne, parce que tout le monde vit plus vieux et parce que pendant longtemps on fait de moins en moins d'enfants, chaque actif va payer beaucoup pour qu'un retraité puisse toucher sa retraite.

Au début des années 1960, il y avait quatre actifs pour un pensionné.

Au début des années 2000, il y avait deux actifs pour un pensionné.

Nous sommes aujourd'hui à peine à 1,7.

Et ce ratio va inexorablement baisser.

Il ne va pas baisser parce que je suis pessimiste ou parce que je dis depuis longtemps que nous devons réformer notre système de retraite. Il ne va pas baisser pour me permettre de démontrer qu'il faut travailler plus longtemps ou parce que je suis soucieux des finances publiques. Il ne va pas baisser pour m'être utile. Il ne va d'ailleurs pas baisser. Il baisse déjà. Et depuis longtemps ! Et nous le savons ! Cette baisse est parfaitement lisible. Personne ne la conteste !

Nous sommes entrés, nous Français, dans l'ère de la dénatalité. Nous y sommes entrés un peu plus tard que nos voisins européens et nous avons d'ailleurs longtemps pensé que nous étions prémunis contre ce qu'ils vivaient. Nous nous sommes dit que notre modèle social était plus adapté que celui des Italiens, que notre art de vivre était plus réjouissant que celui des Allemands, et que nous allions donc continuer à faire plus d'enfants que les autres Européens. Ben voyons. Finalement, avec un peu de retard, nous avons fait comme les autres. Entre 2011 et 2023, le nombre des naissances en France a baissé de 21 %. La dénatalité est là. Quand je suis né, en 1970, on comptait 850 000 naissances par an en France. En 2024, il n'y en avait plus que 663 000. Moins de femmes en âge de procréer et moins d'enfants par femme.

La base de notre pyramide se rétrécit chaque année un peu plus.

Et le haut de la pyramide, lui, s'élargit tranquillement.

Quand je suis né en 1970, les personnes âgées de plus de 65 ans constituaient 12 % de la population. En 2023, c'était 22 %.

Pour bien comprendre ce qui nous arrive, il suffit de mesurer qu'il y a en France, au moment où j'écris ce livre, plus de personnes vivantes nées en 1946 que de personnes vivantes nées en 2024. Plus de personnes âgées de 79 ans que de personnes âgées d'un an. Et il y aura bientôt, à partir de 2027 sans doute, plus de décès chaque année que de naissances. C'est une bonne nouvelle pour les entrepreneurs de pompes funèbres, mais il n'y a guère que pour eux.

Et ce qui se passe en France se passe dans tous les pays d'Europe, sans exception.

Nous sommes en train de vivre, depuis de nombreuses années, ce que mon professeur d'économie décrivait en 1985 : pour chaque actif qui travaille et cotise, un nombre de plus en plus important de retraités à prendre en charge, donc des cotisations de plus en plus élevées.

Et face à cette transformation majeure, documentée, incontestable, qu'avons-nous fait ? Comment nous y sommes-nous préparés ? Nous y sommes-nous seulement préparés ?

La réponse est d'une tristesse qui devrait nous faire honte.

Nous avons choisi de nous raconter des histoires, de penser qu'on verrait bien plus tard, que notre pays pouvait se prévaloir de caractéristiques telles qu'il constituait et constituerait toujours une exception en terme de natalité. À rebours de ce qu'il aurait fallu faire, nous avons choisi en 1982 de baisser l'âge de départ à la retraite, décision mitterrandienne d'une incontestable générosité, qui a conduit à accroître le nombre de retraités et à réduire le nombre de cotisants. L'inverse de ce qu'il aurait fallu faire.

Et depuis, la France a fait du dossier des retraites un psychodrame sans équivalent dans aucun autre pays comparable. Chaque réforme est une crise, chaque crise est un blocage plus ou moins complet du pays. Peu importe que tous les pays d'Europe, conservateurs ou libéraux ou sociaux-démocrates, pauvres ou riches, aient pris des mesures simples visant à retarder l'âge de départ à la retraite, nous continuons à ne pas admettre que la démographie commande. Qu'elle, elle ne ment pas.

Il y a quelques années, j'ai indiqué, très tranquillement, que pour espérer sauver notre régime de retraites par répartition, il faudrait accepter de faire travailler plus longtemps les actifs, et de fixer l'âge légal de départ à la retraite à « 65, 66 voire 67 ans ». Le débat public étant ce qu'il est en France, tout le monde a considéré que je proposais 67 ans… Levée de boucliers, y compris chez certains de mes amis, critiques ciblant l'inhumanité de cette proposition et la prétendue incompréhension de la dureté du monde du travail… Le gouvernement et la majorité s'engagèrent sur 64 ans, et firent face à une opposition vigoureuse. La gauche n'en voulait pas et le Rassemblement national, jamais pris en défaut lorsqu'il s'agit de formuler la proposition la plus démagogique, c'est-à-dire de mentir aux Français, continua même de prôner le retour de la retraite à 60 ans. Ben voyons.

L'Italie a décidé en 2011 de passer l'âge légal de la retraite à 67 ans. L'Allemagne a pris la même décision en 2012. Ces deux pays sont, comme la France, frappés par la combinaison terrible de la dénatalité et du vieillissement. Qu'importe que ces mesures, en Italie et en Allemagne, aient été maintenues par la droite extrême de Mme Meloni (qui a même évoqué la nécessité de pousser l'âge de départ à la retraite jusqu'à 70 ans) ou par la social-démocratie de M. Scholz, en

France, on ne veut pas le savoir, 67 ans c'est trop ! 64 aussi d'ailleurs !

Et comme il n'y a rien de tel, pour continuer à se mentir, que de recourir à la magie, nous avons considéré qu'il était parfaitement admissible de faire financer notre système de retraites par la dette. La retraite des fonctionnaires est ainsi en partie financée par des surcotisations versées par l'État, qui compte tenu de l'état de nos finances publiques, doit s'endetter pour les payer. Le pire est que ces tours de passe-passe comptables, parfaitement documentés, n'apparaissent pas en tant que tels dans notre comptabilité publique. Le Conseil d'orientation des retraites et la Cour des comptes peuvent ainsi se renvoyer la balle en évoquant les « conventions comptables » ou les « hypothèses de progression de la productivité », nous avons réussi à monter un système suffisamment opaque pour que personne ne voie vraiment ce qui se passe. Et donc pour que nous puissions continuer à parler du monde tel que nous aimerions qu'il soit, plutôt que du monde tel qu'il est. Gros mensonge. Et énormes conséquences.

Non contents d'écraser les actifs sous le poids des cotisations, nous avons donc résolu de financer une partie des pensions des retraités par une dette colossale, qui s'accroît et qui va continuer à s'accroître si on ne fait rien, et qui pèsera à l'avenir mécaniquement bien plus sur les jeunes que sur les seniors.

Ce déni du retournement démographique et de son financement par la dette constitue un des plus monstrueux mensonges que nous nous racontons, ou au moins une cécité lamentable qui devrait faire honte à quiconque aime son pays.

Peut-être pire encore que cette cécité, il y a dans notre incapacité à regarder la réalité en face une logique jamais vraiment avouée, jamais vraiment assumée mais implacable. Nous avons collectivement préféré satisfaire les intérêts des retraités plutôt que ceux des actifs. Nous avons en pratique préféré sacrifier les perspectives des jeunes plutôt que le confort des seniors. Est-ce dû à un choix conscient ou à la volonté de ne pas heurter la catégorie de Français qui, statistiquement, se rend le plus aux urnes ? Est-ce l'expression d'une solidarité qui préfère les seniors aux plus jeunes ou d'une inconscience collective sur les conséquences de cette absence de choix pour les plus jeunes ?

Ce qui est certain c'est que nous continuons à nous raconter des histoires.

La vérité c'est que la démographie condamne notre système de retraites tel qu'il fonctionne aujourd'hui. Notre pyramide des âges s'est transformée en pyramide de Ponzi, ce schéma frauduleux où les investissements des uns payent les profits trompeurs des autres, jusqu'à ce que les premiers soient devenus trop rares pour couvrir les seconds devenus trop nombreux.

Notre système par répartition est condamné. Ce n'est pas la politique de rigueur, les libéraux ou le capitalisme conquérant qui l'achèveront, ce n'est pas non plus la guerre en Ukraine ou la menace russe, c'est l'augmentation de l'espérance de vie conjuguée à la réduction continue des naissances.

La vérité, c'est que tous les responsables syndicaux (à l'exception notable de la CGT) avec qui j'ai discuté de l'avenir du système de répartition conviennent, bon gré mal gré, et pas en public, que pour le sauver, il faudrait travailler plus longtemps.

La vérité, c'est qu'il sera impossible, sauf à asphyxier les actifs ou à sacrifier les seniors, de faire autrement que d'introduire une part significative de capitalisation dans le système pour le sauver.

Capitalisation ! Le mot est lâché. Le concept qui fait peur. De capitalisation à capitalisme, il n'y a que quelques lettres, et il est de bon ton, en France, de ne pas assumer l'adhésion au capitalisme. La France est l'un des pays d'Europe où le taux d'épargne des particuliers est le plus élevé mais c'est aussi celui où l'idée de financer les retraites par une épargne collective est la plus critiquée. Si vous pensez qu'il y a là un paradoxe curieux, vous avez raison. Le plus formidable, c'est que bien souvent, nos concitoyens pensent que les cotisations qu'ils ont versées depuis qu'ils travaillent vont leur être reversées une fois à la retraite. Ils disent « répartition » mais ils pensent « capitalisation ». Et ils ont raison de penser capitalisation parce que le rendement, pour eux, d'un système fonctionnant avec une part de capitalisation serait bien plus favorable ! Les actifs d'aujourd'hui, ceux qui prendront leur retraite dans vingt ans n'ont rien à espérer d'un système par répartition sinon une certitude : ils vont payer de plus en plus et ils toucheront de moins en moins.

Je pense qu'en vérité le débat sur l'âge légal de la retraite et sur son allongement est derrière nous.

Si nous voulons conserver un système par répartition, la réalité démographique nous obligera à travailler plus longtemps. Mais la réalité de la situation démographique est tellement défavorable et l'ancienneté de notre déni tellement grande que nous allons quoi qu'il arrive devoir changer notre système, en passant progressivement, et je l'espère rapidement, à un système dans lequel la capitalisation prendra une place de plus en plus importante. Une capitalisation obligatoire, collective, contrôlée, qui aura l'immense mérite d'offrir plus de liberté aux Français sur le moment où ils souhaitent arrêter de travailler et financer plus efficacement l'économie française et européenne.

Et puisqu'il s'agit de cesser de se mentir, allons jusqu'au bout en matière de démographie.

Le vieillissement massif et la dénatalité vont également provoquer un autre problème à côté duquel la question du financement des retraites apparaîtra vite assez simple : celui de la dépendance.

Notre pays qui savait au moins vingt ans avant que le problème ne se pose qu'il y aurait un sujet de financement des retraites, et qui n'a pas fait grand-chose, sait depuis longtemps que lorsque la masse des retraités aura beaucoup vieilli, la question de la dépendance se posera à un nombre considérable d'entre eux. Nous avons tous, dans nos familles, des parents ou des grands-parents vieillissants pour qui la question de la prise en charge de la dépendance se posera un jour : à domicile ou en EHPAD, elle se posera, et à chaque fois elle coûtera cher.

Et face à cela, nous regardons un peu ailleurs.

Nous avons bien décidé de faire de la dépendance une 5e branche de la sécurité sociale, et de financer son action par une portion de CSG. Il s'est construit 300 EHPAD depuis 2010, ce n'est pas rien. Chacun fait de son mieux, les solidarités familiales et locales jouent. La solidarité nationale essaie de faire face. Mais qui pense une seconde que nous sommes en train de prendre les mesures qui nous permettront le moment venu d'être à la hauteur, à partir de 2030, quand les baby-boomers nés entre 1945 et 1965 vont massivement dépasser les 85 ans ? Ils sont 1,5 million aujourd'hui. Ils seront plus de 4,5 millions en 2050. C'est loin 2050 ? Pour moi oui. J'aurai 80 ans. Je serai peut-être dans un EHPAD. Mais les 660 000 bébés nés en 2024 auront 25 ans et ils seront dans une situation impossible. Ce sont nos enfants et nos petits-enfants. Et nous leur préparons un futur financièrement très inconfortable.

Alors bien sûr, vous trouverez toujours des gens qui vous diront qu'entre aujourd'hui et demain, il peut se passer bien des choses. Qu'extrapoler une tendance, c'est souvent dangereux. Que prétendre prévoir ce qui va se passer, c'est d'une arrogance dérisoire. Vous trouverez toujours des gens qui préfèrent commenter les urgences que préparer l'avenir. Et qui préfèrent se mentir à eux-mêmes plutôt que de regarder ce qui vient en face.

Mais enfin, quand on veut prendre au sérieux un grand pays comme le nôtre, le mieux c'est d'arrêter de se raconter des histoires.

Et ce qui est valable pour notre système de retraites et pour le financement de la dépendance l'est également pour la délicate question de l'immigration, intimement liée, elle aussi, à la réalité démographique.

En Europe deux grands pays sont entrés avant nous dans la dénatalité. L'Allemagne et l'Italie. Deux pays différents de la France par leur histoire et par leur relation au monde, mais enfin deux pays qui sont nos voisins, qui sont des démocraties solides depuis plus de 80 ans, qui partagent avec nous une monnaie, une culture, une proximité, des valeurs sociales et politiques. Deux pays amis, avec lesquels nous pouvons nous comparer.

En Allemagne, compte tenu du très faible nombre de naissances et du vieillissement de la population, le solde naturel est négatif depuis

1972. C'est-à-dire que chaque année, si on écarte les effets de l'immigration, la population diminue. Pour donner un ordre de grandeur, en 2023, l'Allemagne a compté 690 000 naissances pour plus d'un million de décès. C'est à peu près le même nombre de naissances qu'en France dans un pays qui compte 15 millions d'habitants de plus ! Cela veut dire presque 400 000 Allemands de moins chaque année. Moins d'Allemands, est-ce bien grave, diront certains ? Les Allemands, eux, ont choisi. Et ils l'ont fait en conscience. Ils ont choisi de devenir une terre d'immigration et de recruter, à l'extérieur de leur pays, les actifs qui font vivre l'économie et le système social allemands.

Pour maintenir leur niveau de vie, les Allemands ont organisé un système d'entrée plus souple sur leur territoire, un système valorisant l'immigration des étrangers les plus diplômés, une meilleure reconnaissance des diplômes étrangers, des modalités de recrutement simplifiées pour recruter des étrangers dans des entreprises allemandes. Les vagues syriennes puis ukrainiennes d'arrivées outre-Rhin ne sont pas seulement dues à la volonté de prendre une posture morale, mais bien par l'intérêt d'un pays qui fait un choix politique lié à sa démographie. Et qui voit ce choix discuté et contesté, car l'arrivée rapide et massive d'étrangers provoque assez immanquablement des mouvements politiques de réaction et d'opposition dans le pays d'accueil.

Mais retenons que les conservateurs puis les sociaux-démocrates allemands ont orienté leur politique migratoire à raison de la nécessité démographique.

C'est de façon spectaculaire la même chose en Italie.

On aime souvent dénigrer l'Italie en France. Un complexe de supériorité qui vient peut-être de trois siècles successifs pendant lesquels la France s'en est plutôt mieux sortie que sa voisine. Un sentiment qui vient aussi peut-être d'une grande ignorance sur la réalité (très complexe) de ce qu'est l'Italie. Un sentiment à mes yeux absurde. Je crois au contraire que nous devons observer l'Italie, son système politique, son économie, ses difficultés et la façon dont ce pays les aborde avec une très grande attention, soit pour nous en inspirer, soit pour au contraire nous en défier. Mais notre immense proximité avec l'Italie fait que nous ne pouvons pas nous en désintéresser.

Or l'Italie nous précède, assez largement, sur la voie de la dénatalité.

Pays de 59 millions d'habitants, l'Italie voit sa population diminuer depuis 2014. L'Italie ne fait plus de bébés. 374 000 en 2024. Depuis que l'Italie est l'Italie, depuis son unité définitive en 1870, c'est le plus bas chiffre enregistré. Et avec 660 000 décès, c'est-à-dire presque autant qu'en France, la population diminue chaque année de 300 000 habitants. Dans un pays dont l'histoire a été marquée par une forte émigration vers l'étranger, dans un pays où l'église catholique est encore puissante, cet effondrement démographique ancien constitue un drame économique, culturel et politique.

Des politiques natalistes ont évidemment été discutées et mises en œuvre. Avant l'arrivée de Mme Meloni, puis après son accession au pouvoir, des mesures puissantes ont été envisagées pour inciter les Italiens à faire des enfants (baisse de la TVA, allocations familiales, baisse des cotisations sociales, congé parental rémunéré...). Et le discours politique de Giorgia Meloni est toujours fermement orienté sur le retour à la natalité italienne.

Mais même la Première ministre italienne, femme forte s'il en est, déterminée à montrer que le volontarisme politique, les mesures extrêmes et un langage de vérité ont plus d'efficacité que les partis traditionnels, même la puissante Giorgia Meloni doit se confronter aux faits.

Et les faits, en plus d'être têtus, sont cruels : en dix ans, la population active de l'Italie a diminué de 2 millions de personnes. Les bras manquent dans l'industrie, dans les activités de service pour les plus jeunes ou pour les plus âgés. Et compte tenu de l'intensité avec laquelle la dénatalité a frappé l'Italie, même si les femmes italiennes en âge de procréer se mettaient, allez savoir pourquoi, à faire le double d'enfants, voire le triple (ce qui est assez peu probable), elles ne seraient pas assez nombreuses pour que le nombre d'enfants soit suffisant. Le piège s'est refermé sur l'Italie.

Mme Meloni a donc conservé son discours anti-immigration, engagement politique oblige, mais elle a revu sa politique migratoire, nécessité oblige. Et elle a autorisé fin 2023 l'entrée d'un demi-million d'étrangers sur une période de deux ans. Et il est assez certain qu'elle n'aura pas d'autre choix que de continuer sur cette voie. Est-ce à dire d'ailleurs qu'elle ne fera rien en matière d'immigration ? Pas du tout. Le plus probable est que, comme le font les Allemands, elle va tenter de maîtriser l'immigration, c'est-à-dire de choisir les étrangers qui auront vocation à entrer et à rester sur le territoire italien et s'assurer que ceux qui n'ont pas vocation à entrer ou demeurer sur son territoire seront effectivement écartés d'Italie. Accepter une immigration ne veut pas dire accepter toute l'immigration.

Et c'est bien de cela dont notre pays aurait intérêt à se saisir.

Les démagogues obsessionnels et angoissés du grand remplacement racontent n'importe quoi lorsqu'ils prétendent se fixer l'objectif d'une « immigration zéro ». Il est au contraire absolument certain que la France aura encore besoin à l'avenir de laisser s'installer sur son territoire des étrangers, sans quoi il ne sera pas possible de faire tenir notre modèle économique et social. Nous aurons besoin de médecins, d'aides-soignants, d'assistants de puériculture ; nous aurons besoin d'ingénieurs, de techniciens, d'ouvriers agricoles, de cuisiniers ; de femmes et d'hommes bien formés ;

nous en avons déjà besoin. Et une partie négligeable de ces actifs seront des étrangers.

Mais les démagogues clientélistes qui font mine de penser que toute immigration serait bonne à prendre, que le seul fait d'arriver sur notre territoire justifierait qu'on y demeure *ad vitam* en faisant venir ensuite sa famille, méprisent les faits avec autant de désinvolture que ceux qu'ils critiquent.

Le mélange entre une société vieillissante et un flux migratoire nécessaire est un mélange détonant. Afin d'éviter l'explosion ou l'implosion, notre pays doit admettre la nécessité d'une immigration choisie et contrôlée, produit de choix clairs, démocratiques, fondés sur des instruments efficaces. Et ce n'est pas facile, ni pour nous, ni pour nos voisins. Et ce sera encore plus dur pour tout le monde si nous ne nous accordons pas avec nos voisins, car si une chose est certaine, c'est que personne ne s'en sortira si certains États d'Europe essaient de favoriser l'immigration alors que d'autres essaient de la restreindre.

C'est d'ailleurs le dernier mensonge qu'il faut démonter : l'idée que nous pourrions maîtriser seuls nos flux migratoires, sans un consensus fort avec nos amis européens, sans une coordination efficace avec eux.

Alors à quoi ressemblerait notre pays si nous arrêtions enfin de nous mentir ?

À un pays dans lequel le financement de notre modèle social serait complètement revu, pour cesser de faire peser sur ceux qui travaillent l'essentiel du coût d'une solidarité à laquelle personne n'a envie de renoncer. Un pays doté d'un système de retraites laissant progressivement une part de plus en plus importante à la capitalisation, sans revenir sur les principes de solidarité qui fondent notre conception de la société depuis 1945. Un pays déterminant tous les cinq ans le nombre, la formation et la maîtrise de la langue des étrangers qu'il souhaite accueillir sur son territoire et capable d'interdire l'accès au territoire aux autres. Un pays finançant une politique familiale ambitieuse dès maintenant, avant que le piège de la dénatalité qui s'est refermé sur l'Italie ne se referme sur nous, en aidant résolument les familles dès le premier enfant, quitte à accorder une part fiscale entière dès le premier enfant, en consacrant une attention infinie à l'amélioration des conditions dans lesquelles vie professionnelle et vie familiale peuvent être conciliées, en prenant au sérieux la croissance rapide du nombre de familles monoparentales, qui sont trop souvent des familles dans lesquelles la mère élève seule ses enfants. Un pays qui aurait troqué sa vieille et coûteuse et inefficace politique du logement pour permettre aux jeunes de devenir propriétaires rapidement ou au moins de pouvoir changer de logement facilement.

Et si déjà, dans les cinq ans qui viennent, nous étions en mesure de lancer de façon irréversible ces trois chantiers, nous aurions bien travaillé.

« *La diplomatie est l'art de faire durer indéfiniment les carreaux fêlés.* »

Charles de Gaulle

La France est un pays merveilleux.

Son Histoire est jalonnée de moments glorieux et d'humiliations que nous préférons oublier, de conquêtes, de ressaisissements spectaculaires ou de révolutions brutales, de jaillissements intellectuels et scientifiques ou d'affaissements obscurantistes, comme si avec elle, rien n'était jamais moyen, comme s'il n'y avait rien entre la réussite éclatante et le désastre absolu.

Disposant d'un siège permanent au Conseil de sécurité des Nations Unies, avec le droit de veto qui lui est attaché, dotée d'une armée puissante et moderne, 7e économie du monde, disposant de la 2e zone maritime du monde, présente sur tous les continents, la France est un membre influent d'un ensemble intégré puissant, l'Union européenne. Jusqu'à présent, notre démocratie est vivante et, jusqu'à présent, nos institutions sont stables. Notre culture irrigue encore une bonne partie du monde. Notre climat tempéré favorise le développement économique et agricole. Nos terroirs, nos paysages, notre patrimoine, notre gastronomie, notre art de vivre, font l'envie de tous.

La France suscite donc rarement l'indifférence : elle séduit, elle agace, on l'envie, on la moque, on l'écoute, on la raille, on l'admire, on la recherche, on la fuit, parfois, on la chasse, on la rejette, on lui en veut, on lui est reconnaissant. Mais enfin, elle existe.

Elle se cherche aussi. Nostalgique d'un temps qu'elle sait, au fond, révolu, et réticente à accepter la relégation, la France traverse un moment particulier. Le bouleversement du monde tel qu'il avait été organisé au milieu du XXe siècle l'oblige à adapter sa stratégie, à ne plus se satisfaire de vieilles habitudes intellectuelles ou diplomatiques, à repenser ce qu'elle veut être en s'interrogeant sur ce qu'elle peut faire.

Et pour cela, il faut regarder le monde en face et cesser de se bercer d'illusions.

La France de 2025, c'est moins de 1 % de la population mondiale, moins de 3 % de la production de richesse de la planète, et moins de 0,5 % de la surface émergée du globe. Les marins vous diront que nous disposons du deuxième domaine maritime au monde, et ils auront raison, mais enfin, avec ce domaine maritime, dont nous ne faisons à vrai dire pas grand-chose, la France atteint 2 % de la surface du globe. On pourra toujours dire que la richesse que nous avons accumulée dans le passé n'est pas prise en compte par ces chiffres, que la culture est un actif immatériel qui a une autre valeur que les kilomètres carrés, que le génie et le rayonnement de la France sont tels que son influence, au-delà de ces chiffres, est préservée. Peut-être. Espérons-le. Mais enfin, ne nous mentons pas : notre poids relatif diminue et cette diminution s'accélère plutôt avec le temps.

Le monde de 2025 est structuré par l'opposition entre deux puissances dominantes à ambition hégémonique, les États-Unis et la Chine.

En deçà, un ensemble de puissances de second rang, très hétéroclites du point de vue de leurs régimes politiques, de leurs ambitions stratégiques et de leur capacité de projection de puissance tentent d'une manière ou d'une autre de tirer leur épingle du jeu dans la rivalité sino-américaine. Au temps des alliances a succédé celui de l'amour libre diplomatique : certains pays peuvent préférer le mode de vie américain, d'autres craindre de perdre le bénéfice du partenariat économique avec la Chine, certains ont choisi, par nécessité géographique, par lucidité ou par confort de se placer dans le giron d'une de ces deux « superpuissances ». Mais bon nombre d'entre eux ne veulent pas avoir à choisir entre les États-Unis et la Chine. Nous sommes entrés dans l'ère de la diplomatie transactionnelle, cynique et hyperréaliste, sans idéologie.

Nous sommes l'une de ces puissances de second rang. Ni la plus fragile, ni la plus puissante. Et certainement pas l'une des plus décisives dans cette partie tendue et risquée engagée par les États-Unis et la Chine.

Alors nous jouons sur les mots et jonglons avec les concepts. Dans ce domaine au moins nous n'avons rien perdu de notre superbe. Nous nous décrivons, c'est selon, en « grande puissance » dans un monde où coexistent deux « superpuissances », en « grande puissance moyenne » comme la décrivait le président Giscard d'Estaing ou bien, selon l'expression convenue des diplomates et de bon nombre de responsables politiques, en une « puissance d'équilibre ». La France aurait ainsi un rôle traditionnel et particulier, directement hérité du consensus gaullo-mitterrandien. Nous aurions vocation à rejouer la politique d'équilibre entre les blocs menée par le général de Gaulle, qui avait dialogué avec l'URSS et les pays de l'Est (voyages en Pologne, en Roumanie et à Moscou en 1966) tout en se rapprochant des pays du Tiers monde une fois levée l'hypothèque algérienne : reconnaissance de la Chine populaire en 1964, tournée en Amérique latine (Brésil, Argentine, Mexique) la même année, dénonciation de la guerre au Vietnam (discours de Phnom Penh en 1966), nouvelle politique arabe (après la guerre des Six Jours en 1967), rôle d'intermédiaire dans les pourparlers de paix au Vietnam (négociations de Paris entre 1968 et 1973), développement de nouvelles relations avec l'Afrique post-coloniale.

Puissance d'équilibre entre les deux blocs. Puissance d'équilibre entre l'Occident et les non-alignés. Comme le disait sur un ton suave une publicité des années 1980 pour une marque d'eau minérale : « c'est bon l'équilibre ».

Le problème, c'est qu'il n'y a guère que nous qui nous voyons ainsi.

L'idée que nous puissions équilibrer le choc frontal entre la Chine et les États-Unis traduit une arrogance dont on pourrait sourire si elle n'était pas l'expression d'une incompréhension du monde tel qu'il est.

En 2018, alors Premier ministre, je m'étais rendu pour un déplacement officiel en Chine. Sans être un spécialiste du pays, dont je ne parle pas la langue, c'était ma 13e visite. En 2004, sur le conseil d'un de mes amis diplomate qui, lui, connaît parfaitement le pays, maitrise sa langue, connaît sa culture et ses usages, j'avais pris la décision, quoi qu'il arrive, de m'y rendre une fois par an, et de découvrir différentes régions. Ces déplacements, très courts, passionnants, ne m'ont jamais permis de prétendre comprendre la Chine. Mais ils ont convaincu mes interlocuteurs successifs que je m'y intéressais sincèrement.

À la fin de l'entretien que m'a accordé le président, après avoir évoqué les sujets diplomatiques, les ventes d'Airbus, les routes de la soie et la préparation (déjà) des Jeux olympiques de 2024, alors que nous parlions de la perception différente du temps en Chine et en Occident, le président Xi, très tranquillement, très sereinement, m'a dit la phrase suivante, qui m'a frappé, et que je n'ai pas oubliée : « *Pendant des années les États-Unis et la Russie ont porté la voûte de l'univers sur leurs épaules. Depuis quelques années, ce sont les États-Unis qui la portent seuls, et ils ont du mal. N'ayez aucune crainte, nous allons bientôt la porter et nous saurons le faire.* »

Lorsque le choc frontal opposait une Amérique riche et puissante et une Union Soviétique militairement forte, que nous étions relativement bien plus proches des

États-Unis et bien plus prospères que l'Union Soviétique, lorsque l'affrontement entre les deux superpuissances trouvait en Europe un terrain malheureusement privilégié, nous pouvions sans doute prétendre à ce rôle d'équilibre.

Aujourd'hui, la surpuissance chinoise et américaine est telle que nous sommes les seuls à penser pouvoir exister par nous-mêmes entre les deux mâchoires de cet étau. Et il faut aller en Chine pour saisir l'ampleur du dépassement technologique que nous sommes en train de vivre. La vie me paraît infiniment plus agréable en France, mais la vitesse et l'intensité des innovations, la rapidité spectaculaire avec laquelle des infrastructures démentes sont construites, la constance avec laquelle la modernisation chinoise est impulsée et encadrée sont bien souvent sous-estimées en France.

Alors, bien sûr, nous essayons d'exister.

D'abord, pour nous rassurer, nous nous disons que même différents des États-Unis, ce dont nous nous réjouissons d'ailleurs, nous sommes, eux et nous, malgré des moments parfois difficiles, dans le même camp. La France et les États-Unis ne se sont jamais livré de guerre (ce n'est pas si courant), leurs révolutions ont marqué l'Histoire et en ont fait des pays universalistes (au moins dans les discours), ils ont souvent combattu ensemble, se doivent beaucoup l'un à l'autre et pensent se connaître.

Pour beaucoup de Français, et pour encore plus d'Européens, l'idée que nous serions entre les États-Unis et la Chine est peut-être une donnée géographique mais en aucun cas une réalité politique. Les liens de notre histoire commune avec les États-Unis, les valeurs que nous partageons avec la démocratie américaine, le lien particulier institué par le traité de l'Otan, la proximité linguistique et culturelle, tout cela nous placerait forcément, en cas de coup dur, dans le camp américain.

Cette vision du monde a prévalu tout au long de la seconde moitié du XXe. Elle a pris un sacré coup de vieux.

Trump a en effet replacé les États-Unis dans une posture pas si différente de celle qui prévalait au XIXe siècle : le gros bâton et la domination absolue sur le continent américain ; l'éloignement de l'Europe afin d'éviter d'être aspiré dans les soubresauts et les tensions sécuritaires du continent. La compétition féroce avec la Chine vient, elle, ajouter une touche de XXIe à ce tableau.

Depuis Obama et son « pivot asiatique », la priorité américaine, la seule, c'est la Chine. Toute l'énergie et toutes les ressources militaires doivent y être consacrées. Que l'Europe se débrouille de son côté pour assurer sa propre sécurité. Et tant pis si elle n'y arrive pas. Et qu'elle ne vienne pas interférer dans la construction du système d'alliances contre la Chine ! La façon dont l'administration Biden a sorti la France du contrat (pourtant signé) prévoyant la construction de sous-marins pour la marine australienne traduit cette détermination, qui a résisté à toutes les alternances à Washington.

Trump, avec sa brutalité extrême, nous confirme un message que beaucoup ne voulaient pas entendre jusqu'à présent : les États-Unis de 2025 ont des vassaux, des adversaires ou des ennemis. Pas d'alliés. Nous pouvons bien nous rouler par terre, nous indigner du fond et de la méthode et pousser tous les cris d'orfraie. Mais nous ne pouvons pas dire que nous avons été pris par surprise : tout cela avait été annoncé. De la même façon que nous n'avons pas voulu croire à son retour – ou espéré jusqu'au bout la victoire de la candidate démocrate, ce qui revient au même –, une fois réélu, nous avons préféré penser qu'il n'oserait pas, que sa démarche serait avant tout transactionnelle et qu'il y aurait toujours un espace pour manœuvrer, au moins pour nous Européens, les alliés historiques de l'Amérique.

Eh bien non.

Nous n'avons aucun traitement de faveur à espérer des États-Unis. Nous devons apprendre à faire sans eux, peut-être même parfois contre eux.

Pour la France, ce constat est lourd de sens. Mais il ne constitue pas une révolution intellectuelle. Les piliers de notre vision du monde ne sont pas remis en cause. Nous disions depuis longtemps que cela finirait par arriver. Nous le disions souvent à nos amis européens, qu'un atlantisme revendiqué conduisait à nous écouter poliment ou à s'exaspérer plus ou moins discrètement de l'arrogance de ces Français qui prétendaient garantir leur sécurité de façon autonome tout en bénéficiant indirectement du parapluie américain.

Trump nous a donné raison. Pour nos voisins, le choc est immense et l'angoisse vertigineuse : on imagine mal chez nous ce que l'incertitude trumpienne peut susciter d'angoisse chez les Polonais, les Allemands et chez bien d'autres. Cela ne rend pas la France plus forte mais on voit bien que l'orgueil national s'en trouve rasséréné…

Avoir eu raison avant les autres, la belle affaire. Encore faut-il en tirer les conséquences et trouver les moyens d'être plus forts dans l'étau qui se referme.

Depuis longtemps, nous disons que c'est dans le rassemblement que nous serons plus forts, et nous avons raison. Muscler l'Europe pour exister et peser sur les affaires du monde. Et constituer, avec les pays du Sud notamment, des alliances nous garantissant un rôle et une place dans le monde nouveau. C'est l'intuition, assez juste d'ailleurs, qui irrigue la proposition d'Axe Indo-Pacifique cher au président de la République.

Nous y croyons. Et nous avons raison d'y croire. Mais nous y croyons tellement que nous pensons qu'il suffit d'y croire pour que cela arrive. Et c'est là que les mauvaises surprises, les vraies difficultés et les cruelles désillusions interviennent.

Commençons par l'Europe.

S'il y a bien quelque chose que personne ne pourra jamais nous enlever, c'est notre qualité de membre fondateur de l'Union européenne. Il aurait sans doute été impossible de constituer l'embryon économique et politique d'une Europe vaguement crédible sans l'accord de volonté de la France et de l'Allemagne, et des quatre autres, essentiels au processus pour ne pas laisser les deux anciens belligérants historiques en face à face.

Tout est là. La France et l'Allemagne. Le cœur du pari européen, le choix historique d'une réconciliation après 80 années de crispations et de guerres destructrices. On ne dira jamais assez la hauteur de vue, des deux côtés du Rhin, qui a conduit à cette politique sans équivalent dans l'histoire européenne, et probablement dans l'histoire du monde. Que les pires adversaires deviennent les meilleurs alliés aussi vite et aussi complètement devrait être regardé comme un des miracles du XXe siècle, qui n'en compte pas tant que ça.

Avec l'Europe, nous sommes membres d'un club de 27 démocraties ayant organisé des institutions complexes pour prendre des décisions en commun ; nous avons constitué un grand marché, le plus prospère du monde et engagé des coopérations assez exceptionnelles qui ne concernent pas que les États entre eux mais qui permettent aux citoyens eux-mêmes de vivre cette Europe qui s'envisage comme un continent porteur de valeurs communes, d'une identité et d'une citoyenneté politique et d'intérêts communs. Nous avons construit une monnaie commune, qui paraît aujourd'hui une évidence mais qui traduit une incroyable audace et une très grande confiance en nous.

Dans l'ensemble, l'idée de la construction européenne n'est pas vraiment remise en cause. On maugrée à juste titre contre la réglementation tatillonne d'une bureaucratie dont on se dit qu'elle est hermétique à l'interaction avec les citoyens et les élus des États qui composent l'Europe. Le plus souvent, les contempteurs de l'Union appellent de leurs vœux une « autre Europe » dont on peine bien souvent à savoir ce qu'elle représente, comment elle fonctionnerait et en quoi elle serait plus efficace. Marine Le Pen a renoncé à proposer la sortie de l'Euro ou le Frexit, sans que l'on sache très bien pourquoi d'ailleurs, mais de toute évidence pour ne pas heurter une très grande majorité de l'électorat qu'elle espère convaincre. Elle a changé de position aussi sur l'avortement. Et il semble bien qu'elle soit aujourd'hui moins élogieuse à l'égard du régime de Poutine. Encore un effort et elle concédera que pour que la France reste prospère et pour qu'elle soit plus puissante, il faudra que l'ensemble des Français travaillent plus.

Mais revenons à l'Europe.

Car si nous pouvons être fiers de ce qui a été fait, reconnaissons aussi que nous sommes loin du compte. Et qu'il est urgent de dissiper quelques jolies histoires que nous aimons nous raconter pour nous rassurer. Nous étions un parmi 6, nous sommes un parmi 27, et nous serons bientôt les seuls à penser que nous avons une place à part.

Nos partenaires nous regardent avec admiration parfois mais avec agacement souvent quand cela ne tourne pas à la franche goguenardise : une indiscipline budgétaire chronique, un État obèse, une instabilité sociale chronique (nos grèves sont réputées sur tout le continent), et, à présent, une instabilité politique potentielle. Notre faiblesse pourrait réjouir nos concurrents au sein de l'Europe, mais elle navre et inquiète bien plus encore. Notre myopie enfin, qui nous a fait manquer le déplacement du centre de gravité de l'Union vers l'Est, s'est transformée en mensonge lorsqu'il s'agit du lien franco-allemand.

Quoi qu'en disent les chefs d'État et de gouvernement depuis plus de 15 ans, la relation entre la France et l'Allemagne est aujourd'hui bien plus marquée par la divergence que par la convergence. Le chancelier allemand peut bien, comme le Président français, effectuer son premier voyage international chez son voisin d'outre-Rhin : l'amitié peut bien être proclamée sur tous les tons, inscrite dans les textes, rappelée dans les discours, elle souffre. Et d'ailleurs, nous sommes bien, côté Français, les seuls à parler d'amitié. Nos amis allemands parlent de la relation particulière qu'ils entretiennent avec nous. Comme un symbole du petit décalage initial qui aurait pu se réduire avec le temps, mais qui a, malheureusement, grossi au point de devenir handicapant pour l'avenir.

La divergence franco-allemande, c'est le cauchemar des officiels. Évoquer le mot, c'est s'exposer à la foudre des diplomates. À la foudre publique en tout cas, car en privé, cette divergence est admise, et jugée préoccupante. Des choix radicalement différents en matière énergétique, une compétition toujours plus vive dans des domaines traditionnellement réservés à la coopération, des intérêts peinant à s'aligner face à la Chine ou aux États-Unis, une réticence ancienne à conjuguer nos politiques de défense : tout fonctionne comme si notre ambition passée n'était plus perpétuée que par des symboles. Mais dans les deux pays, l'apprentissage de la langue de l'autre recule, la connaissance intime de l'autre s'étiole, la confiance s'érode.

Il paraît que dans certains vieux couples, la passion cède le pas à une « amitié conjugale », sereine et tranquille. La divergence, pour les plus optimistes ou les plus inconscients, ne serait rien d'autre qu'une forme de maturité. Je n'en crois rien. La divergence, si elle se poursuit, si elle est entretenue, ou même simplement si elle n'est pas combattue, conduirait forcément au divorce.

L'Allemagne est-elle toujours notre alliée la plus proche ?

Doit-elle l'être ?

J'en suis convaincu. Pas en raison d'une germanophilie que j'assume par ailleurs. Mais parce qu'il est certain que l'Europe ne peut pas réellement avancer si nous ne nous mettons pas d'accord. Autrement dit, si nous croyons à l'Europe, si nous pensons qu'elle est le seul moyen pour peser dans le monde tel qu'il est, si nous voulons défendre les intérêts et la sécurité d'un modèle européen démocratique, nous devons cultiver notre lien avec l'Allemagne. Ne pas le proclamer. Le faire.

« Pour devenir riche, il faut acheter un Français à ce qu'il vaut et le vendre à ce qu'il prétend être. » Entre 1986 et 1988, j'ai habité en Allemagne, où j'ai passé mon bac. J'ai souvent entendu cette blague. Elle ne m'a jamais fait rire. Mais elle dit ce que les Allemands pensent de nous. Elle dit l'incompréhension devant des Français qui donnent des leçons à tout le monde mais qui sont les seuls à ne pas savoir tenir leurs comptes. Elle dit la lassitude face à la différence entre les discours et les actes.

Reconstruire le lien avec l'Allemagne est nécessaire. Le nouveau chancelier allemand, Friedrich Merz, y est déterminé. Cela passe par un examen lucide de nos incompréhensions réciproques et par la réaffirmation de nos priorités communes. Cela passe pour la France par une remise en ordre de ses finances publiques, sans quoi elle ne sera jamais prise au sérieux. Cela passe pour l'Allemagne par une redéfinition complète de sa stratégie. Soit nous le faisons, et nous pouvons continuer à espérer être ensemble le moteur d'une Europe qui avance, soit nous continuons à nous bercer au son des vieilles histoires du couple franco-allemand, et l'Europe n'avancera pas d'un iota.

Reconnaissons ensuite que l'Europe que nous avons construite est d'une lourdeur et d'un dogmatisme atterrants. Pour le coup, ça, tout le monde le reconnaît. Ceux qui détestent l'Europe comme ceux qui l'aiment. Les premiers y voient la preuve éclatante qu'il faut se libérer de la construction européenne, les seconds qu'il est urgent de la corriger sous peine de donner raison aux premiers.

Je me range évidemment parmi les seconds. Et parmi les plus inquiets. Car en dépit de ses atouts, qui ne sont pas négligeables, l'Europe reste avant tout un marché. Un gros marché, dans lequel les biens, les services, les personnes et les capitaux peuvent circuler librement et qui rassemble pas loin de 500 millions de consommateurs bien plus riches que la moyenne mondiale. Un marché unique, mais pas si unifié que ça, tant les différences linguistiques, juridiques, fiscales, sociales et environnementales restent vives. Un marché administré par une entité qui refuse de comprendre qu'elle n'est pas seulement là pour penser à l'intérêt du consommateur mais pour permettre aussi la création de champions européens capables de rivaliser avec la compétition internationale, pour défendre les industriels européens essentiels à la puissance de notre continent, pour rétablir l'équilibre entre l'exigence environnementale qui prévaut chez nous et le productivisme qui peut régner ailleurs.

À quoi rime une Europe isolée stratégiquement, dépassée économiquement et marginalisée technologiquement ? La productivité européenne est en berne. Nous sommes à la traîne dans presque tous les secteurs d'avenir, du numérique aux biotechnologies et même pour les technologies de la transition écologique, où nous nous rêvons exemplaires. Plus ouverts que la plupart des autres grandes économies, nous sommes plus exposés aux guerres commerciales dont Donald Trump vient de poser les jalons. Dépendante de la Chine pour les intrants et produits critiques (les fameuses terres rares, les composants électroniques et, on l'a vu, les médicaments) ou des États-Unis (pour ces mêmes composants et pour son énergie, après avoir dépendu de la Russie), l'Europe est vulnérable aux désordres du monde. Et au chantage que l'un et l'autre, Washington et Pékin, ne manqueront pas d'exercer dans leur lutte pour la domination mondiale. Alors que l'Europe devrait être l'instrument de notre souveraineté collective, elle est en train d'être décrochée et en passe d'être vassalisée.

Peut-elle se ressaisir ?

Il le faut.

Mais elle part désormais de loin. Sa démographie est en berne, son agilité est médiocre, sa résolution est fragile.

La brutalité de Donald Trump lui a certes fait l'effet d'une douche froide, mais enfin, si les douches froides réveillent brutalement, elles n'ont jamais garanti le succès de la journée qui suit.

Pour nous donner une chance, nous allons devoir construire le pilier européen de l'Otan ou assurer, si l'Otan venait à disparaître, la création d'une autre forme d'interopérabilité industrielle et opérationnelle à l'échelon européen. Nous allons devoir concevoir et mettre en œuvre des politiques industrielles à l'échelle continentale, réaliser l'intégration complète des marchés de capitaux et rompre définitivement avec le ronronnement institutionnel bruxellois.

Et il va falloir que la France et l'Europe se battent pour trouver des alliés. Car la vérité est que même plus forte, l'Europe seule serait loin de pouvoir garantir une tripartition du monde limitant le choc frontal entre les deux superpuissances. Alors, qui peuvent être nos alliés ?

On peut s'en désoler, le constater ou s'en réjouir, il est assez clair que la Russie ne fera pas partie de ceux-là. L'agression militaire contre l'Ukraine a fini de convaincre une bonne partie des États de l'est de l'Europe que l'impérialisme russe était éternel. La Pologne et les États baltes ont payé pour voir, les Finlandais aussi : leur sécurité nationale passera toujours par une réassurance face à la menace russe. Il ne faudrait pas les pousser beaucoup pour qu'ils admettent que la meilleure des solutions serait un démembrement de la Russie. Je ne suis pas sûr pour ma part que ce démembrement serait la garantie de la stabilité et de la sécurité sur le flanc est de l'Europe. Je pense même l'inverse. L'Europe aura bien besoin de vivre en paix et en sécurité à côté d'une Russie qui aura bien besoin, de son côté, de s'appuyer sur des voisins bienveillants lorsqu'elle affrontera, après la guerre, le prix d'une dénatalité infiniment plus préoccupante encore chez elle que chez nous. Après la guerre en Ukraine, nous devrons vivre avec la Russie. Les États ne déménagent pas et la géographie commande. Pour définir au mieux les modalités de notre voisinage obligé avec la Russie de demain, nous avons intérêt à réfléchir ensemble aujourd'hui et à engager le moment venu la discussion forts et unis.

Plus complexe encore, le cas de la Turquie.

Longtemps impériale, longtemps dominante, cantonnée brutalement par les démocraties triomphantes de 1918 à un rôle et une influence sans commune mesure avec ce qui faisait la gloire ottomane, la Turquie, pour des raisons assez comparables à la Russie, affirme aujourd'hui sa volonté de puissance, sa détestation des démocraties libérales, son ambition sur des espaces dont elle a été privée. Moins peuplée que la France en 1970 et désormais plus peuplée que l'Allemagne, elle est devenue la puissance dominante de la Méditerranée orientale et est redevenue le verrou entre l'Europe et le Moyen-Orient, ce qui en période de flux migratoires intenses est une position d'influence dont Ankara sait jouer finement.

Il est assez clair aujourd'hui que la Turquie n'a pas vocation à entrer dans l'Union européenne. Aussi longtemps que l'Europe s'envisageait seulement comme un marché, il pouvait exister quelques esprits audacieux pour y voir une raison de capter l'immense marché turc et rapprocher la société et le régime de ce pays immense des standards européens. Plus personne ne le souhaite aujourd'hui. Et c'est très bien ainsi.

Sur le papier, nous sommes alliés, puisque la Turquie est membre de l'Otan. En réalité, nous sommes des partenaires qui ne s'entendent guère et dont les intérêts divergent. Comme tous les États qui assument leur volonté de puissance, la Turquie d'Erdogan n'a aucun problème à se frotter aux pays de l'Union Européenne qui viendraient perturber ce qu'elle perçoit comme ses intérêts ; la Grèce le sait depuis longtemps, tous les États qui prospectent pétrole et gaz en Méditerranée orientale le savent, la France a pu le constater en Syrie ou en Libye.

Nous avons durci le jeu avec la Turquie, en cherchant à réduire l'influence qu'elle exerçait sur notre territoire à travers l'organisation du culte musulman, ce qui l'a en retour conduite à limiter l'enseignement français à Istanbul et dans le reste du pays. Nos relations sont fraîches. De toutes les rencontres qu'il m'a été donné d'avoir lorsque j'étais Premier ministre, aucune n'a été aussi tendue que celle que j'ai eue, à Munich, en marge du Sommet sur la sécurité, avec mon homologue en 2019. Je n'ai pas le sentiment que la tension ait diminué depuis…

Nous ne pourrons pas faire sans la Turquie dans les années qui viennent : sa géographie est trop stratégique et sa capacité de nuisance trop grande ; nous aurons sans doute du mal à faire avec et il serait préférable de ne pas faire contre. Le pire serait de ne rien faire, en faisant mine que la Turquie compte peu. Elle pèse aux portes de l'Europe et elle pèse, par l'importance de sa communauté dans de nombreux pays occidentaux, à commencer par l'Allemagne, au sein de l'Europe. Nous devrons donc construire avec elle une architecture économique et sécuritaire dépourvue de naïveté mais garantissant une stabilité prospère sur notre flanc est.

Compte tenu de l'importance du bassin méditerranéen, on aimerait célébrer au sud la présence d'alliés fidèles et sûrs. Le moins que l'on puisse dire est que la situation est de ce point de vue mitigée. La dérive tunisienne, le désordre libyen et la fragilité égyptienne sont à l'origine de plus de menaces que de garanties.

Et à cela s'ajoute notre relation tendue avec l'Algérie.

Rien ne va vraiment dans cette relation. Notre passé commun ne passe pas. En France il est méconnu, peu enseigné, mal mis en valeur, parfois dissimulé lorsque la France n'a pas été à la hauteur de l'image qu'elle aime se renvoyer à elle-même, souvent au cœur d'un malaise où se mêlent la mauvaise conscience gaulliste, la trahison vécue par ceux qui ont dû rentrer ou, pire, subie par ceux n'ont pas pu rentrer, le spectre d'une guerre civile et d'un coup d'État militaire. L'Algérie d'aujourd'hui est inconnue des Français, qui ne voient plus ce pays qu'à travers le prisme des Français d'origine algérienne ou de la première communauté étrangère installée en France.

En Algérie, je crains que cela soit pire encore. La France est devenue un instrument de régulation de la politique intérieure : tout ce qui ne va pas, et bien des choses ne vont pas, est de la faute de la France. Plus de 60 ans après l'Indépendance, la France reste l'autre, dans le miroir, responsable des limites démocratiques, de la croissance économique limitée, des échecs diplomatiques, de la désespérance de la jeunesse et de tout le reste. La langue française est combattue, les symboles de la détestation sont assumés, l'appareil d'État ne manque jamais une occasion de rappeler sa défiance à l'égard de Paris.

Et nous faisons pourtant mine d'entretenir des relations particulières. Des mini-détentes succèdent régulièrement à de longues crispations. Des tentatives naïves de rapprochement se répètent sans produire aucun résultat, si ce n'est plus de méfiance encore. Hypocrisie sidérante des visites et des discours officiels avec laquelle nous ne voulons pas rompre. Notre droit fait ainsi à l'Algérie une place très particulière dans les conditions d'entrée et de séjour de ses ressortissants en France, produit d'une époque où les deux États espéraient une normalisation et partageaient un intérêt économique à faciliter les échanges. Rien ne justifie plus ce régime particulier. Et il est temps de normaliser vraiment nos relations avec Alger. Rien ne nous oblige à subir les critiques acerbes du pouvoir algérien sans réagir. Rien ne nous impose de demeurer immobiles et gentils face à un État qui ne nous veut pas du bien. Il ne s'agit pas d'être ennemis, nous n'y avons pas intérêt. Il s'agit de ne pas se tromper sur nos voisins, de bien mesurer ce qu'ils pensent de nous et de ne jamais être surpris.

Notre politique méditerranéenne, dont on ne dira jamais assez combien elle est essentielle à notre sécurité et à notre prospérité futures devra en tirer les conséquences.

Reste le Sud. Le grand Sud. Le « Sud global » comme on dit aujourd'hui. Les BRICS, cet attelage hétéroclite de pays émergents, et pour certains déjà bien émergés : le Brésil, l'Inde, la Russie, la Chine, l'Afrique du Sud, l'Indonésie, l'Éthiopie, l'Égypte, les Émirats et quelques autres.

Pendant longtemps, l'Occident a considéré que ce Sud global n'existait pas. Pas assez cohérent. Pas assez convenable non plus. Trop difficile à appréhender en tant qu'ensemble organisé. De la même façon que nous avions eu du mal à accepter l'avènement des pays non-alignés au moment de la guerre froide, nous avons tenté de nous convaincre que l'alliance de circonstance de pays ne partageant ni une culture, ni une langue, ni des intérêts régionaux ne comptait pas réellement. Ou alors comme un faux nez de la Chine.

Et pourtant. Au fur et à mesure que l'étau se refermait et que l'Occident se décrédibilisait, les BRICS progressaient.

Nous avons alors, retrouvant les accents d'un gaullisme mythifié, essayé d'expliquer que la France, par son histoire, par sa présence mondiale, par sa mission universelle, disposait de liens particuliers avec ces pays, qu'elle les connaissait et pouvait construire avec eux des communautés d'intérêts. De façon assez symptomatique, les Britanniques ont essayé quelque chose d'assez comparable en tentant, après le Brexit, de faire revivre l'idée d'un Commonwealth avec des pays du

Sud qui auraient partagé avec eux une histoire, une vision du monde et des intérêts.

Le succès reste à ce jour très relatif.

Tous les pays du « Sud global » nous voient comme un pays du « Nord global ». Nous avons perdu l'essentiel du crédit que nous avait valu en 2003 notre courageuse opposition à l'aventure iraquienne. Nous devons prendre la mesure du ressentiment qu'entretiennent, dans des registres différents, le spectacle des inégalités de la mondialisation, les guerres américaines depuis le 11 septembre 2001 ou encore le blocage de la réforme de la gouvernance mondiale qui ne fait pas une juste place aux émergents.

L'Occident a perdu du crédit. Il se pensait modèle, sa démocratie libérale étant réputée garantir la prospérité collective, la liberté individuelle et la stabilité politique. Il ne l'est plus guère.

Les BRICS représentent désormais la moitié de la population mondiale, et 34 % du PIB mondial. On peut railler l'hétérogénéité géographique et politique de cet ensemble, mais ce serait pour se mentir à nous-mêmes sur le moteur qui anime cet ensemble. Le ressentiment contre l'Occident réussit parfaitement à fédérer des pays exaspérés par le « deux poids, deux mesures » dont la différence de traitement entre l'Ukraine et Gaza, par exemple, a fait l'objet.

Les BRICS ont un projet assez clair : créer un ordre alternatif, contre l'Occident, ou à tout le moins sans lui. Montrer qu'il n'est pas nécessaire de se placer sous l'empire d'une démocratie libérale pour garantir la prospérité collective et la stabilité politique, voire l'ordre que tant de démocraties peinent à assurer. Se dégager de l'emprise d'un Occident, États-Unis en tête, qui pratique depuis trop longtemps des sanctions extraterritoriales contraires au droit international.

Nous pouvons nous enorgueillir de quelques succès : la coopération militaire avec le Brésil, l'axe indo-pacifique avec l'Inde et les coopérations que ce rapprochement dessine, le « réengagement » avec les pays d'Afrique de l'Est (Éthiopie et Kenya), la discrète lune de miel avec le Vietnam. Tout cela n'est pas rien. Mais tout cela reste bien peu encore, et me paraît être valorisé chez nous bien plus que dans les pays concernés.

Alors que faire ?

Le pire est toujours de fermer les yeux. Et en la matière, nous restons très impressionnants. Nous n'hésitons jamais à célébrer la place particulière de la culture et de la langue françaises, nous soulignons l'aide que nous apportons là où elle est nécessaire et nous nous rassurons en rappelant la force de notre réseau diplomatique.

Je dois avouer que la prétention de la France à rayonner dans le monde grâce à sa langue et sa culture, qui constitueraient des antidotes efficaces au déclassement, a quelque chose de pathétique. L'entre-soi des tournées culturelles à l'étranger et l'application avec laquelle, dans chaque poste diplomatique, on pense qu'un festival de cinéma ou une programmation culturelle répond à « l'envie de France » qui s'exprimerait partout dans le monde m'ont toujours laissé pantois. L'attachement régulièrement répété à la « francophonie », qui permettrait l'édification d'une communauté culturelle de ceux ayant le français en commun, me paraît souvent relever, au mieux, de la méthode Coué.

À côté des instruments culturels, on présente souvent la politique d'aide au développement comme un autre moyen pour la France de « rayonner » et de préserver son influence. Là encore, on peut être très dubitatif sur l'effet réel des moyens mis en œuvre. Notre aide publique au développement atteint peut-être des montants historiques mais l'AFD, qui oublie parfois qu'elle gère l'argent du contribuable français, la conduit sans grande considération pour les objectifs politiques de la France, sans parler des intérêts de ses entreprises, comme si elle était comptable du seul bien public mondial. L'AFD n'est pas une banque internationale, c'est l'Agence FRANÇAISE de Développement : elle utilise l'argent des Français et donc elle doit servir les intérêts des Français. Cela implique que 100 % de notre aide publique au développement doit servir nos intérêts directs : ouvrir des marchés à nos entreprises, maîtriser les flux migratoires, marquer la présence française dans des régions où elle est utile. Sans aller jusqu'à fermer la boutique avec la brutalité que Trump a démontrée avec USAID, un audit complet de tous les programmes de l'AFD est indispensable. Tous les programmes qui ne sont pas dans les clous doivent être arrêtés. Et nous devrons assumer le principe de conditionnalité de notre aide : si le pays qui la reçoit se comporte mal, elle doit être interrompue.

Enfin notre réseau diplomatique est un instrument bien moins efficace que ce qu'il fut. Contrairement à ce qui est souvent affirmé, nous ne disposons plus du 2e réseau diplomatique au monde. Nous venons de passer en 5e position derrière la Chine, les États-Unis, la Turquie et le Japon, autant de pays qui « réarment leur diplomatie ». En 30 ans le Quai d'Orsay a perdu la moitié de ses effectifs. Son budget représente moins de 1 % du budget de l'État. Le corps diplomatique a été supprimé. Nous sommes en train de perdre l'expertise du monde alors que nous devrions le regarder les yeux en face.

Alors que faire ?

Trois choses importantes.

D'abord faire le constat que le monde tel qu'il était n'est plus celui que nous avons essayé de construire. Le système international fondé sur le multilatéralisme, avec l'ONU, son conseil de sécurité, les grandes institutions internationales et le droit comme instrument de régulation n'est plus qu'un palais traversé par des ombres et dans lequel les discours annuels à l'Assemblée générale résonnent dans le vide. Dans ce monde, aucune nation européenne ne peut à elle seule peser de façon significative : elles sont toutes dépassées, plus ou moins vite, mais inexorablement par d'autres puissances de second rang. Dans ce monde, la sécurité de notre continent n'est plus garantie et les menaces, à l'Est et au Sud, sont réelles.

Ensuite définir une stratégie. Nous devons, pour préserver notre influence, notre sécurité et notre modèle, faire le choix assumé d'une alliance européenne de plus en plus solide et de la construction d'une communauté d'intérêts avec tous les États, et notamment ceux du Sud qui refusent, comme nous, d'être pris dans l'étau américano-chinois. Si nous voulons construire cette communauté avec des pays qui ne partagent pas tous nos choix, ni toutes nos valeurs, nous devons assumer un état d'esprit fondé sur le réalisme et l'humilité : nous n'aimons pas qu'on nous fasse la leçon, cessons d'en donner, sur la démocratie, l'environnement ou autre chose, au nom d'une supériorité morale que personne ne nous reconnaît. Rien n'insupporte plus à l'étranger qu'un responsable occidental disant ce qui est bien et ce qui est mal. C'est sur le rejet d'un Occident perçu comme dominateur et moralisateur que l'attelage pourtant bien hétéroclite du Sud global réalise son unité.

Je suis bien sûr profondément attaché à nos valeurs. Elles doivent être défendues de manière intraitable chez nous, en Europe et en France. Et nous devons aider les démocraties lorsqu'elles sont attaquées. Mais si un pays qui ne pense pas comme nous reste dans ses frontières et ne menace personne, je n'ai rien à redire. Dans un monde de brutes, ce sont nos intérêts qu'il faut défendre.

Enfin se donner les moyens de notre stratégie.

Et là, il n'y a pas de secrets. Nous devons être à la fois plus forts et plus prospères. Il arrive bien sûr que l'influence d'un État soit sans lien avec sa prospérité réelle ou sa puissance du moment. Mais cela dure rarement. Et l'idée que nous pourrions défendre nos intérêts partout où ils doivent l'être sans redevenir prospères, sans réparer notre système productif, sans corriger nos faiblesses intérieures est une vue de l'esprit.

Faire mieux fonctionner notre État, reprendre le contrôle sur nos dépenses, remettre de l'ordre dans nos comptes, devenir plus compétitifs, améliorer notre système éducatif, développer la recherche et l'innovation, augmenter l'investissement productif, tout cela et bien d'autres choses est indispensable si nous voulons peser sur les affaires du monde. Et comprenons bien que si nous ne réussissons pas à régler ces problèmes purement intérieurs, il n'y a aucune chance d'y parvenir, et aucune chance non plus que nous soyons à l'avenir mieux en mesure de garantir notre sécurité. Les nations qui s'affaiblissent à l'intérieur ne sont pas en mesure de faire face à une pression continue venant de l'extérieur.

Plus prospères donc, et aussi plus forts, ce qui va ensemble. Car notre appareil de défense ne pourra durablement faire face si notre appareil productif et industriel s'étiole.

Être plus forts, cela veut dire réarmer : consacrer plus de moyens à notre défense, repenser notre organisation productive et sociale afin de vérifier que nous sommes en mesure, à chaque instant, de faire face à des menaces sérieuses, rappeler à notre population, qui a vécu avec l'idée que la paix était une donnée structurelle, qu'elle n'est que le produit d'un rapport de forces contingent. Mais cela ne passe pas seulement par le réarmement. Nous devons aussi nous poser des questions, parfois désagréables, sur l'adaptation de nos forces aux menaces d'aujourd'hui.

Le choix de la dissuasion nucléaire et la constance avec laquelle cet outil a été entretenu et complété sont des bénédictions pour notre pays. On ne saluera jamais assez celles et ceux qui depuis plus de 60 ans ont œuvré à nous doter d'un armement et d'une doctrine qui garantissent notre sécurité et notre souveraineté. Si une leçon est tirée de la terrible mésaventure ukrainienne, c'est probablement que les États qui espéraient garantir leur sécurité grâce au bouclier de leurs alliés auront à l'avenir intérêt à se doter eux-mêmes de l'arme nucléaire. La non-prolifération, déjà très relative, a probablement vécu, renforçant par là même la dangerosité d'un monde qui devrait, je le crains, se nucléariser rapidement.

Mais disposer de l'arme nucléaire ne doit pas nous exonérer de nous interroger sur l'adaptation de nos forces aux menaces. Or, il y a de ce point de vue beaucoup à faire. Les livres blancs successifs produits avant que les lois de programmation militaire soient discutées et adoptées, sont des documents utiles, étapes indispensables avant de faire des choix. Mais je les crois souvent engoncés dans des habitudes et des schémas de pensée marqués par un grand conservatisme intellectuel.

Quelques grandes questions sont devant nous : devons-nous revenir à une doctrine permettant l'utilisation tactique de l'arme nucléaire ? Disposons-nous de la masse nécessaire, en mer et à terre, pour faire face à un conflit régional non nucléaire ? Devons-nous, comme j'en suis convaincu, créer un nouveau service militaire, sur la base du volontariat, pour muscler les effectifs susceptibles d'être mobilisés par les armées en cas de besoin ? Notre dispositif militaire est-il organisé de façon à tirer le meilleur parti de notre présence ultramarine ? Quel lien devons-nous organiser entre nos armées professionnelles et notre population civile ? Devons-nous proposer à certains de nos alliés un prépositionnement de l'arme nucléaire ? Faut-il renoncer au futur porte-avions nucléaire pour doter la marine d'autres instruments, beaucoup plus nombreux, et laissant la part belle aux drones ? Comment garantir la présence effective de la France sur le domaine maritime dont elle a la charge ?

Toutes ces questions méritent un débat public approfondi.

J'y suis prêt.

Jusqu'à présent, ces questions sont posées en petit comité et tranchées en comité encore plus restreint. La Défense, comme la politique étrangère, n'intéressent guère les Français au moment des élections, paraît-il. Je crois l'inverse surtout par les temps qui courent. Je crois que si notre pays ne regarde pas le monde, le monde ne le regardera bientôt plus. Et que loin d'offrir aux Français le luxe de vivre tranquilles, loin du fracas d'un monde devenu fou, nous nous exposerons au risque terrible de voir toute la brutalité et la folie du monde s'abattre sur nous.

Il arrive que certains de mes amis m'invitent à lâcher mes mots, à ne plus les mâcher en tout cas, à cesser d'utiliser la litote ou *l'understatement* ou la double négation, ces artifices oratoires dont raffolent les amateurs d'humour anglais. Il faudrait des phrases courtes, des mots qui frappent, des opinions tranchées. L'époque est au catch. Elle condamne ceux qui se battent à fleurets mouchetés. Il faudrait du clivage, du sang, de la chique et du mollard. Les esthètes de l'argumentaire n'ont plus leur place. Trump a tué la sobriété et la nuance, vestiges d'une époque révolue seulement regrettée par les nostalgiques des Lumières.

Ces conseils amicaux m'ont longtemps navré.

D'abord parce qu'en politique, on n'est jamais aussi fort que lorsqu'on est soi-même. Jouer un rôle, affecter un ton, policer son langage ou feindre une rugosité n'ont jamais marché. Ça se voit. Ça se sent. Apprendre à se tenir et à parler avec un acteur ou un journaliste finit toujours par se voir. Et finit souvent par nuire. Les plus grands problèmes d'insincérité, les plus grandes catastrophes oratoires sont bien souvent le produit d'un apprentissage raté de techniques qui vous font jouer un rôle ou choisir un langage qui n'est pas le vôtre. Et si l'histoire politique apprend quelque chose, c'est que n'importe quel style peut prospérer pour autant qu'il soit constant.

Ensuite parce que je serai toujours moins bon que Trump dans la régression et la violence verbale. Toujours moins outrancier que Mélenchon ou moins démagogique que Bardella. Toujours moins drôle que Malhuret aussi. Alors autant cultiver ce qu'on sait faire, et dire les choses comme on les sent, même imparfaitement, en hésitant parfois, en admettant qu'on ne sait pas, ou qu'on a encore besoin de réfléchir. En nuançant. En admettant et même en revendiquant qu'un sujet compliqué n'appelle pas toujours une réponse univoque, voire même une réponse simple. Depuis quand faudrait-il tout savoir sur tout, tout le temps ? Et depuis quand une question épineuse pourrait-elle être résolue en une phrase ?

Et pourtant ces conseils sont fondés.

En politique, ce que l'on dit est important (parfois) mais ce qui est entendu l'est plus encore. L'histoire est pleine de belles âmes et d'esprits bien faits disant des choses justes et vraies, sans qu'il ne se passe rien.

Alors il faut dire les choses le plus simplement et le plus clairement possible, sans les caricaturer.

Il faut dire que notre capacité exceptionnelle à établir un diagnostic, à l'ânonner sur tous les tons, à tirer les sonnettes d'alarme, n'a d'égale que notre capacité, tout aussi exceptionnelle, à n'en tirer aucune conséquence.

Il faut admettre que notre addiction à la dépense publique a abouti à une dette aussi excessive qu'handicapante et à une multiplication de rentes, dont certains vivent très bien et dont d'autres se contentent, en redoutant qu'un changement vienne modifier une donne qui leur paraît acceptable, le tout au détriment de l'intérêt général et de la bonne utilisation de l'argent public.

Il faut constater que certaines choses qui étaient possibles ne le sont plus, que nous devons faire des choix, donc renoncer à ce qui est devenu accessoire au profit de ce qui demeure essentiel. Que tout ne peut être acquis. Que les priorités peuvent et doivent changer mais qu'elles ne peuvent pas s'accumuler. Que tout ne se vaut pas.

Il faut rappeler que nous vivons dans une démocratie reposant sur des règles qui exigent d'être respectées et ne pas prendre à la légère le désenchantement démocratique que nous vivons. Il n'est pas seulement le produit de politiques publiques inadaptées, d'une croissance atone et d'une défiance envers les élites politiques. Ses causes sont plus profondes : le constat d'un État impuissant et obèse, la stagnation durable du pouvoir d'achat des classes moyennes et populaires, l'angoisse climatique des jeunes générations, l'absence de grand projet collectif seul à même de souder la Nation, la crispation identitaire inévitable que provoque dans un pays en voie de sécularisation la progression rapide d'une religion, l'Islam, qui ne parvient pas à expurger ses lectures obscurantistes et qui se compromet parfois avec les promoteurs d'un projet politique incompatible avec les fondements de notre République.

Il faut retrouver une forme de reconnaissance pour ceux qui respectent les règles, ce qui doit leur procurer un avantage significatif et palpable par rapport à ceux qui ne les respectent pas.

Il faut retrouver une façon de faire Nation dans une société qui est devenue dure, où la solitude et l'exclusion progressent, qui a du mal à faire de la place à celles et ceux qui n'entrent pas dans les cases : les mères seules, les personnes en situation de handicap, les décrochés qui n'ont pas renoncé, les étrangers qui assument les boulots dont les Français ne veulent plus…

Il faut constater, parfois, que l'intérêt de la France n'est pas toujours égal à l'intérêt des Français, comme le général de Gaulle l'avait théorisé et mis en pratique. Qui, aujourd'hui, oserait dire au pauvre Edgard Pisani : « *Vous êtes le ministre de l'agriculture, pas le ministre des agriculteurs* » ?

Et il faut en tirer des conséquences.

En disant quelles sont les priorités. À ce stade, j'en vois quatre.

L'école d'abord, qui est au cœur de la promesse républicaine et qui ne remplit plus sa mission. L'école par laquelle tout doit commencer et sans laquelle rien ne sera résolu. Nous sommes bien sûr confrontés à une masse de problèmes urgents et délicats, mais admettons qu'aucun ne trouvera de solution durable si le problème de l'école n'est pas traité : nous ne serons ni plus prospères, ni plus libres, ni plus puissants, ni plus épanouis si nous ne réparons pas notre école.

Notre modèle social ensuite, qui est remis en cause par les changements de la société et dont le financement est condamné par notre démographie. Un grand pays comme le nôtre ne peut être lui-même sans une solidarité importante, sans des mécanismes collectifs permettant de faire face aux risques ou aux injustices de ce monde. Mais le modèle doit être adapté à l'époque, financé durablement et permettre à notre système productif d'être efficace. Aussi longtemps que le financement du modèle social sera un obstacle à la compétitivité de notre économie, nous laisserons échapper d'une main ce que nous avons saisi de l'autre. Sauver ce qui peut l'être et nous adapter à ce qui vient : le défi est immense.

Notre justice, aussi, qui constitue le maillon très faible de notre État régalien et dont les dysfonctionnements minent la confiance et corrodent la cohésion sociale. Trop lente, trop complexe, trop contrainte, trop lointaine, parfois trop partiale, la justice se protège en se coupant du monde, oubliant qu'elle est une partie de l'État et qu'elle ne peut s'extraire complètement de son action et de ses contraintes.

Notre capacité, enfin, à nous adapter à un monde physique qui évolue sous l'effet des dérèglements climatiques et des changements qu'ils produiront chez nous et ailleurs. Dans le débat public souvent navrant qui est le nôtre, il suffit souvent que les nouvelles urgences résultant de l'actualité apparaissent pour faire oublier les questions de long terme qui elles ne disparaîtront pas. La question environnementale relève de cette catégorie. On pourra bien faire comme si elle n'était plus là qu'elle finirait par se rappeler à nous. Le tapis sous lequel mettre la poussière n'aura jamais la taille suffisante pour masquer l'ampleur des transformations que nous allons devoir mettre en œuvre.

On me dira, j'en suis sûr, qu'il y a bien d'autres priorités.

On me dira aussi, j'en suis également certain, que c'est bien beau tout ça mais que j'ai été Premier ministre pendant trois ans et que je suis comptable d'une bonne partie du tableau peu reluisant que je dresse. On n'aura pas complètement tort.

Et je ne me priverai pas de répondre qu'entre 2017 et 2020, j'ai été fier de conduire l'action du gouvernement et de transformer le marché du travail, de relancer l'apprentissage, de favoriser l'attractivité du pays pour relancer les investissements, de réduire significativement le déficit tout en baissant les impôts mais en augmentant les dépenses militaires. Je me suis battu pour mettre en place une réforme des retraites qui aurait pu transformer notre système actuel en un système plus juste et mieux équilibré. Je n'ai pas fait tout ce que j'aurais aimé faire, mais je savais, en entrant à Matignon, que je venais pour mettre en œuvre le programme sur lequel le président de la République s'était engagé pendant sa campagne. Sur beaucoup de points, nos analyses convergeaient, mais sur beaucoup d'autres, les conséquences à en tirer n'étaient pas forcément identiques, et il était normal qu'à la fin ce soient les directions fixées par le Président qui prévalent.

Les trois ans passés à Matignon m'ont appris des choses qu'il est préférable d'avoir en tête avant de se lancer dans la course présidentielle.

D'abord que présider et gouverner sont deux choses distinctes et que bien des malheurs institutionnels et politiques se préparent lorsque le Premier ministre veut présider ou lorsque le Président veut gouverner. Présider est incroyablement difficile et impose une retenue et un contrôle de soi hors normes. Présider exige une capacité à fixer un cap clair et de s'y tenir avec constance et cohérence. C'est déterminer et expliquer quelles sont les priorités, c'est-à-dire, d'une certaine façon ce que l'on privilégie et ce à quoi il faut, pour l'heure, renoncer. Présider implique d'incarner la France et de rassembler, inlassablement, les Français. Gouverner, c'est autre chose : c'est piloter une machinerie complexe et délicate au milieu de courants contradictoires et de vents contraires pour atteindre et tenir le cap fixé par le Président, c'est trancher en permanence et relancer sans arrêt pour avancer, c'est composer et diriger des équipes diverses, c'est difficile mais c'est moins solitaire, moins écrasant et moins vertigineux que présider.

Ensuite, j'ai appris que dans notre système politique marqué par la coexistence de trois forces politiques inconciliables, la tripartition comme on la décrit parfois, le Président est forcément élu au second tour grâce à des électeurs qui ne partagent pas l'intégralité de son projet de premier tour mais qui veulent éviter la victoire de l'autre qualifié. Avant 2002, lorsque la vie politique française opposait une gauche divisée à une droite divisée, le premier tour de l'élection présidentielle servait de primaire interne et le second tour venait constater la domination numérique de la gauche ou de la droite. Depuis 2002, les choses ont changé sans que nous en tirions toutes les conséquences. Nous ne pouvons plus nous borner à prétendre qu'en votant au second tour pour le candidat qu'ils détestent le moins, les électeurs valideraient implicitement mais nécessairement son programme de premier tour. Ce n'est pas vrai et cela produit une crispation politique croissante. C'est la raison pour laquelle il faut organiser, en plus des élections législatives qui suivront l'élection présidentielle, des référendums qui viendront, à intervalles réguliers et de la façon la plus démocratique qui soit, valider les grandes options proposées au pays.

J'ai vu pendant ces trois ans à Matignon la puissance des influences mortifères qu'il faut écarter avec constance. Les déclinistes qui vous assomment et les béats qui vous bercent.

Les déclinistes vous disent que tout est perdu, que la grandeur a disparu, que la pente inéluctable du déclin est devant nous, que c'était mieux avant, que ceux d'aujourd'hui ne sont pas à la hauteur. Parfois le déclin est la conséquence d'une France qui ne change pas assez dans un monde qui se transforme vite et parfois il est le produit d'une France qui change trop alors qu'elle devrait rester telle qu'elle fut. Il y a chez les déclinistes beaucoup de réactionnaires et quelques progressistes. Ils ont en commun d'être sombres. Et d'être plus souvent occupés à théoriser le déclin, à le décrire et à l'expliquer, qu'à trouver des solutions crédibles pour l'éviter. À les écouter, on finit par se dire qu'une partie d'eux-mêmes espère le déclin, soit qu'il leur permette de prouver qu'ils avaient raison dès le début, soit qu'ils espèrent en tirer profit d'une façon ou d'une autre.

Les béats, eux, ne voient pas le problème. Fatalistes ou inconscients, soucieux d'embrasser la modernité qui dicte les tendances ou concentrés sur leur situation personnelle que rien dans les dangers du monde ne vient à court terme menacer, les béats pensent qu'il faut attendre, que ce n'est pas le moment, que ce n'est d'ailleurs pas le problème, qu'il faut éviter d'ajouter du désordre à la crise, qu'il faut ne pas déranger le peuple.

L'immense majorité des responsables politiques, et au fond peut-être chacun d'entre nous, sont à la fois déclinistes et béats. En fonction des moments, des auditoires, des circonstances, des intérêts, ils oscillent. Rares sont les constants, et lorsqu'ils le sont, ils ont tendance à m'inquiéter plus encore. Car à la fin, ils sont tellement convaincus du bien-fondé de leur posture et de la solidité de leur cadre intellectuel qu'ils déforment les faits pour les faire entrer dans leur narratif. Rien n'est positif ou suffisant pour un décliniste. Les bonnes nouvelles relèvent de l'illusion ou de l'accessoire. Rien n'est véritablement grave pour un béat puisqu'il n'est pas possible de changer sérieusement la donne.

J'ai vu, et je vois aujourd'hui plus encore, les coléreux prendre l'ascendant sur le débat public. Qu'ils soient de droite ou de gauche ou d'ailleurs, les coléreux en ont assez. Et ils le disent. Et comme ils sont convaincus que le cadre institutionnel dans lequel nous vivons ne permet pas d'entendre la colère qu'ils expriment et encore moins de faire disparaître les causes de celle-ci, ils remettent tout en cause : les règles de la démocratie, les usages de la civilité et même les faits lorsqu'il le faut. Rien de nouveau dans cette colère, et rien d'illégitime non plus à l'exprimer. Rien de plus sain non plus que la canalisation de cette colère dans des formations politiques qui respecteraient le cadre démocratique. Mais tel n'est pas le cas : à la gauche extrême et radicale comme à la droite radicale et extrême, les communs de la démocratie sont méprisés et directement remis en cause.

Alors pourquoi diable vouloir devenir Président ?

Justement parce que les temps sont rudes.

Et parce qu'après avoir écrit tout cela, après avoir appelé à regarder lucidement nos faiblesses et nos hypocrisies, je demeure fondamentalement optimiste, profondément convaincu que notre pays peut se relever et dispose, en son for intérieur, des atouts et de l'énergie pour se ressaisir.

Lorsque je suis à Paris, je m'inquiète. Lorsque je parcours le pays, je me rassure, car partout je vois des pépites, des talents, des envies, des ambitions qui sont déjà puissants et qui ne demandent qu'à pouvoir s'exprimer librement. Je suis d'ailleurs toujours surpris par la tonalité négative qui surplombe notre débat public. Kamel Daoud, reprenant Gramsci, me disait un jour qu'en France l'intelligence était pessimiste. Être optimiste en France, c'est souvent être naïf ou ignorant.

En dépit de cela, je suis optimiste. Totalement et résolument optimiste.

Si une infime partie de moi tenait pour impossible le redressement du pays, je crois que je ferais autre chose. Et je n'ai pas envie de faire autre chose.

Cet ouvrage a été composé par PCA

Achevé d'imprimer en mai 2025
par l'Imprimerie Floch à Mayenne

pour le compte des Éditions J.-C. LATTÈS
17, rue Jacob – 75006 Paris
CONTACT-LATTES@jclattes.fr

PAPIER CERTIFIÉ

JC Lattès s'engage pour l'environnement en réduisant l'empreinte carbone de ses livres. Celle de cet exemplaire est de :
300g éq. CO_2
Rendez-vous sur www.jclattes-durable.fr

N° d'Édition : 01
Dépôt légal : juin 2025
N° d'impression : 107037
Imprimé en France